LE CHATEAU

DE

SAINT-DONATS.

LE CHATEAU

DE

SAINT-DONATS,

ou

HISTOIRE

DU FILS D'UN ÉMIGRÉ

ÉCHAPPÉ AUX MASSACRES EN FRANCE;

Traduit de l'anglais de CHARLES LUCAS,
auteur de l'*Infernal Don Quichotte*.

TOME PREMIER.

AVEC FIGURES.

A TOURS,

Chez BILLAULT jeune, imprimeur.

ET A PARIS,

Chez ONFROY, libraire, rue Saint-Victor;
FUCHS, libraire, rue des Mathurins;
DEBRAY, libraire, place du Muséum.

AN 11.

*Une Femme charmante s'élança
dans ses bras.*

PRÉFACE

DU TRADUCTEUR.

L'HISTOIRE intéressante d'un jeune-homme, doué de toutes les heureuses disposi- tions naturelles, infecté en- suite par la contagion du mau- vais exemple, mais triomphant enfin, et rendu à l'honneur par la force d'une éducation ver- tueuse, ne pouvait manquer d'être accueillie des hommes honnêtes et éclairés. Aussi son succès en Angleterre nous pro- mettait bien un semblable accueil de la partie de la Nation française qui respecte la morale et l'ordre social ; mais, alors , les circonstances ne permettaient pas de la publier : on en sentira aisément les raisons en lisant cet ouvrage.

Aujourd'hui, par un bienfait du nouvel ordre des choses , je peux l'offrir au public , sans autre crainte que celle de n'avoir pas rendu toutes les graces de l'original. Mais ce qui fait réellement le mérite d'un ouvrage de ce genre , le naturel des événemens , l'intérêt des situations , la variété des caractères , le charme tôt ou tard irrésistible des sentimens vertueux, ce sont-là des beautés inhérentes au sujet, et que le lecteur y trouvera religieusement conservées. Enfin, ce que nous annonçons avec plus de confiance, et ce qui doit tirer ce roman de la classe des livres de pur agrément, pour le placer au rang des livres utiles à la jeunesse, c'est une morale épurée et soutenue, courageusement opposée à la contagion des principes destructifs de tout ordre social. Il semble que les préceptes de sagesse, appuyés sur des exemples, aient été le premier objet de l'ouvrage, et que la narration n'y soit qu'un cadre ingénieux. La mère en

prescrira la lecture à sa fille ; le
père souhaitera de le voir dans
les mains de son fils , s'il cher-
che à lui présenter des exemples de vertu ; s'il veut sur-tout
lui montrer le bonheur en opposition avec les tourmens d'un
cœur agité par les passions , et
livré aux deux plus funestes , le
jeu et la débauche , déchiré enfin par le remords de ses fautes.
Il s'applaudira sans doute de
pouvoir lui montrer qu'un coupable , entraîné , d'erreurs en
erreurs , jusqu'au dernier et
au plus irréparable des crimes ,
le suicide , peut encore trouver
des ressources dans son repentir;
et s'il échappe au désespoir ,

être encore rendu au monde et à sa propre estime.

Ce n'est pas, toutefois, que nous prétendions justifier tout dans ce roman : quelle œuvre humaine est exempte d'imperfections ? Les gens exacts reprendront peut-être quelques anachronismes ; les littérateurs français, quelques lenteurs anglaises, et les politiques modernes, bien des opinions antiques : mais il faut se souvenir que nous traduisons, et que ce n'est pas un républicain qui a composé. D'ailleurs, les politiques attachés aux anciens systêmes, ne repousseront pas des sentimens favorables à leurs idées;

et les philosophes par excellence cherchent avidement, sans doute, l'opinion des nations voisines sur la liberté qu'ils ont conquise, et sur la part qu'ils en ont faite à leurs concitoyens. Malheureusement l'ouvrage est antérieur aux bienfaits du Gouvernement sage qui sèche tant de larmes, qui ferme tant de blessures, et qui doit calmer tant de ressentimens. On y trouverait bien sûrement le tribut d'hommages dû à la gloire d'un héros qui a su plus que vaincre; qui, jusqu'à présent, a plus osé faire qu'on n'avait osé espérer, et dont les yeux perçans voient sans doute encore au loin dans sa carrière.

Les gens de goût verront aussi avec peine, que l'Auteur ait sacrifié le naturel des événemens, si précieux, et si parfaitement observé dans tout le reste de l'ouvrage, à la noire fantaisie alors générale chez les lecteurs de romans. Celui-ci a donc aussi son revenant comme les autres ; seulement il est un peu moins ridicule que beaucoup d'autres, et il n'occupe que quelques pages de l'histoire : après tout, peut-être y aura-t-il bien des lecteurs à qui il ne déplaira pas.

Il ne me resterait plus qu'à

parler de la traduction, si l'on pouvait parler sans partialité de son propre ouvrage : mais, j'attendrai, à cet égard, le jugement plus sûr du public, et je me contenterai de lui dire que mes efforts et mes soins me donnent le droit d'espérer aujourd'hui l'accueil favorable qu'il a bien voulu faire à toutes mes autres traductions.

LE

LE CHATEAU

DE

SAINT-DONATS.

CHAPITRE PREMIER.

AU mois d'août 17....., le capitaine Grey, gentilhomme d'une fortune suffisante et libre , dans le comté de Wilts , vint à une foire dans ces cantons acheter un cheval de service pour l'armée. Ce capitaine Grey avait fait auparavant, sous R. H. D. Y., la campagne de 17...., et s'y était fait la réputation d'un brave et loyal militaire ; mais une maladie grave l'avait contraint de retourner en

Tome I. A

Angleterre pour y soigner sa santé.
L'humidité froide de H. l'avait
saisi, et il avait gardé le lit plusieurs
semaines ; car ayant été attaqué en
même-temps d'une fièvre maligne,
on douta long-temps s'il pourrait
vivre assez pour retourner dans
sa patrie, ou même pour en approcher : mais enfin ayant eu le
bonheur d'y rentrer, l'heureuse in-
fluence de l'air natal lui eut assez
promptement rendu l'usage de ses
membres ; puis, les fibres ayant
repris le ton convenable, il se vit
heureusement et parfaitement rétabli. A son départ de H. il avait
disposé de tout ce qu'il possédait à
l'armée, en faveur de ses frères
d'armes, mais le tout tomba au pouvoir de l'ennemi dans une retraite
précipitée qui eut lieu peu de
temps après son départ. Au

printemps suivant, le régiment rentra dans l'intérieur, et reçut ordre,
après qu'il aurait été recruté, équi-
pé, &c., de se disposer pour une
expédition secrète. Le capitaine
Grey, était alors âgé de trente ans,
grand, bien fait et vigoureux;
d'une humeur affable : ses manières avaient de l'aisance et de la politesse ; son caractère était franc et
généreux, et son esprit plus orné
des connaissances modernes, que
chargé d'une érudition gothique,
n'était ni embarrassé dans un fa-
tras de pensées, ni troublé par une
timidité excessive. Il était naturellement fait pour l'amour, non cet
amour grossier qu'on ne doit appeler que libertinage, et qui n'a
pour objet que les plaisirs sensuels
du moment, mais celui qui ouvre
le cœur aux impressions de la

beauté, même quand elle n'a rien
d'absolument extraordinaire. Il
était avec tout le beau sexe en
général, comme Hudibras se vantait d'être avec sa maîtresse.

En entrant à la foire, il passa
directement où l'on vendait les
chevaux ; et reconnaissant un cheval de bataille qui avait appartenu à un officier anglais, il fut
bientôt d'accord pour le prix. Il
était venu seul, et il s'approchait
d'un certain fermier de son voisinage, pour lui demander un garçon par qui il pût envoyer chez
lui le cheval qu'il venait d'acheter,
quand une rumeur, qui s'éleva
tout-à-coup au milieu de la foire,
attira son attention. Comme un
franc anglais, il courut au lieu
de l'émeute, et son oreille fut
frappée des mots de filou, c'est un

filou, il faut le baigner : à l'étang,
à l'étang. Il ne fut pas long-temps
en doute sur le motif et les intentions de l'attroupement. Comme
l'étang où l'on entraînait un pauvre garçon était du côté, d'où le
capitaine venait, il se trouva bientôt au milieu des plus animés ; mais
il y en avait tant qui prétendaient
à l'honneur d'administrer la correction, et qui s'arrachaient la
victime, que le garçon, qui tout
jeune qu'il était, se deffendait de
son mieux en faisant des efforts
pour s'échapper, vint tomber précisément aux pieds du capitaine.
L'enfant leva les yeux, et vit une
figure où l'humanité respirait. Du
son de voix le plus touchant, il
s'écria : je vous jure, Monsieur,
que je suis innocent. — Comment
est-il un filou ? Qui est-ce qui l'a

A 3

vu , dit le capitaine , ému par ce
soudain appel ? C'est moi ; je l'ai
vu , répondit un particulier à manchettes de dentelles : Dieu me
damne , je parierais que vous êtes
de la clique. Cette dernière apos-
trophe n'était lâchée que pour
arrêter l'information du capitaine.
Il sentit la rougeur lui monter au
visage : sans se soucier beaucoup
de l'accusateur , il regarda autour
de lui s'il ne se trouvait personne en état de contredire l'im-
putation ; puis , dans l'instant , ses
yeux s'arrêtèrent sur un fermier
de sa connaissance , qui lui-même
était très-connu. Fermier Thomson,
lui cria-t-il à haute voix , vous savez
bien qui je suis. Et vous , se tournant vers son homme , qui êtes-
vous ? Puis aussitôt , changeant
de ton , arrêtez-le , s'écria-t-il ,

arrêtez-le , et qu'on le fouille : je me remets sa figure. La populace, à qui le fermier était bien connu , ne se le fit pas répèter. Elle s'empara des poches de l'accusateur , et dans l'instant , cinq mouchoirs de différentes sortes , deux montres d'argent et une bourse furent produits au jour , et réclamés en grande partie par les assistans. En même-temps , l'enfant s'était relevé , et comme il n'y avait pas d'autre témoin de son prétendu crime , il ne fut pas détenu plus long-temps. Toute la fureur s'était tournée sur l'homme aux belles manchettes , que le capitaine reconnaissait pour un drôle de son régiment, qui avait passé par les baguettes pour vol et escroquerie. Ce coquin faisait partie d'une troupe qui devait faire un coup à la foire ;

A 4

mais comme il ne devait avoir lieu
que le soir , et qu'il ne voulait pas
perdre absolument son temps le
matin, il s'était amusé à quelques
petites filouteries qui s'étaient
présentées. Toutes ses tentatives
avaient eu un plein succès , jusqu'à
ce qu'en *travaillant* sur un porte-
feuille , il s'apperçut que le vol
était découvert : alors , avec une
grande présence d'esprit , il l'avait
laissé tomber par terre , et n'avait
pas balancé à jurer qu'il avait pris
sur le fait un pauvre jeune garçon
mal vêtu , qui se trouvait là par
un malheureux hasard , et que son
innocence n'aurait pas sauvé sans
le capitaine Grey. Mais , maintenant , les affaires avaient bien
changé de face ; la populace avait
promptement traîné le coquin à l'é-
tang, sans que personne de sa trou-

pe, qui le suivait en silence, osât dire un mot en sa faveur. Il fut baigné complettement, puis chassé de la foire à coups de fouet de poste. Le capitaine, après avoir sauvé l'innocent, s'inquiéta peu du coupable; mais, retournant au fermier qu'il avait déjà appelé, il lui demanda s'il ne connaissait pas quelqu'un à qui il pût confier son nouveau cheval. Si monsieur voulait me le donner à conduire...., j'irais pour lui au bout de la terre, dit une voix, qui se trouva celle du garçon qu'il avait secouru. Son petit cœur, pénétré de reconnaissance, ne lui avait pas permis de s'écarter de son bienfaiteur—Vous? dit le capitaine : mais savez-vous vous tenir à cheval ?

—Oh oui monsieur! c'est moi qui mène boire tous les chevaux du fermier Sulkey à Piltfort.

— Est-ce qu'il est votre maître ?

— Non, monsieur : je n'ai point de maître ; c'est pour le chartier que je le fais.

— Bon : et comment êtes-vous venu à la foire ?

— Le fermier m'a donné six sous pour conduire ses cochons.

— Eh bien donc, vous n'avez qu'à mener mon cheval : vous n'y perdrez pas, mon ami.

Le capitaine, en prenant ce parti, avait fait réflexion que ce garçon pourrait lui être utile au jardin et dans ses terres, et qu'il pourrait aider un vieux domestique qu'il voulait laisser chez lui jusqu'à son retour de l'armée.

La maison du capitaine Grey n'était pas considérable. Une femme de charge d'environ cinquante ans, qui y était dès son enfance, était la seule servante qu'il y eût.

Le reste du domestique consistait dans un vieux serviteur rustique, nommé Abraham Vilkins, profondément versé dans toutes les connaissances relatives à la campagne, et en outre dans la théologie, l'astronomie (mêlée d'un peu d'astrologie), les lois, la politique et la médecine. Il expliquait le cours des astres, au grand étonnement de ses auditeurs. On savait qu'un écuyer du voisinage avait souvent deféré à ses opinions sur le code des chasses, et l'avait même consulté sur des faits du temps passé. En politique, il avait quelquefois réfuté victorieusement le collecteur de *l'Assise* ; et ses profondes connaisances en médecine avaient fait déserter tous les apothicaires de l'endroit. Enfin le capitaine avait un valet,

nommé Dick, garçon tout-à-fait
grossier et turbulent ; il avait été
enrôlé de force dans sa jeunesse,
et s'était trouvé à plus d'actions,
avait couru plus de dangers, avait
passé plus de mauvais temps, s'était
tiré de plus de mauvais pas, que
beaucoup de vétérans qui avaient
le double de service. Comme il
devait suivre son maître à l'armée,
et que le vieux jardinier, qui avan-
cait en âge, s'affaiblissait de jour
en jour, le capitaine avait pensé
que ce jeune garçon, qui coûterait
peu, pouvait aider Abraham pendant son absence. Le cheval nou-
vellement acheté fut donc remis à
la conduite de l'enfant. Mais le
capitaine Grey avait trouvé quelques filles de fermier de sa connaissance, et comme il justifiait
le vieil adage : *quand une femme*

paraît, tout lui céde; ce fut précisément ce qui lui arriva alors. De
sorte qu'il différa son retour jusqu'au soir. Il était sept heures avant
qu'ils fussent partis. Le nouveau
domestique était monté sur le cheval de bataille , pour la première
fois de sa vie , et il y paraissait. Le
capitaine en tournant la tête, pour
voir un peu comment son cavalier
s'en tirait, ne laissa pas de remarquer secrétement , malgré la ché-
tive apparence et le misérable
habit de ce jeune homme , qu'il
était le plus beau garçon qu'il eût
jamais vu. Le nouveau cheval n'a-
vait pas de selle , il n'avait que la
bride , ce qui forcait le capitaine
à aller très-doucement, et il commencait à faire nuit , quand il
quitta la grande route pour en
prendre une de traverse. A un peu

plus d'un mille de sa maison ;
les arbres très - touffus , de chaque côté d'un chemin étroit , se
touchaient presque du haut et augmentaient l'obscurité. Comme il
avançait doucement , et qu'il était
environ à la moitié de ce chemin , il
entendit derrière lui un fort coup
de siflet. En-même temps , son
cheval s'arrêta , et aussitôt deux
hommes sortirent d'une haie et
lui saisirent la bride. Un troisième
accourant dans le chemin , les
joignit , et tous les trois, le pistolet
sur la gorge , lui demandèrent la
bourse , avec beaucoup de menaces
et de juremens. Le capitaine ,
sans balancer , présenta sa bourse ;
et à l'égard de son acquisition , il
observa qu'elle n'était pas de grande
valeur. Ils lui volèrent sa montre ,
et semblaient encore ne vouloir

pas le laisser partir. Le capitaine
insistait, quand un d'eux s'écria :
partir ! vous ! quand je vous aurai
brûlé la cervelle : vous ne ferez
plus baigner de voleurs ; oh ! je
vous reconnais bien : et aussitôt,
son pistolet ayant raté, il l'en frappa
à la tête avec la crosse. Le capitaine
tomba du coup : son cheval effrayé,
prit la fuite. Le garçon qui derrière
avait d'abord été saisi de crainte,
sentit alors tout son courage re-
naître. La vue de son maître étendu
sur la terre, la perte du seul ami
qu'il eût jamais trouvé, bannit de
son esprit toute idée de son propre
danger ; il poussa son cheval en
avant.....Mais ne pressons pas notre
récit ; les évenemens de cette soirée
méritent sûrement bien un chapitre
à part.

CHAPITRE II.

LE lecteur , qui au sein de la misère aura pu trouver un bienfaiteur qui l'ait sauvé de sa perte, pourra concevoir l'ardeur que la reconnaissance donnait à ce pauvre garçon , pour voler au secours de son bienfaiteur. A coups redoublés il poussa son cheval en avant , et les voleurs qui jusque-là n'avaient fait que peu d'attention à lui , virent son approche avec plus d'indignation que d'alarme. Il fut aussitôt résolu de le tuer , et ils tirèrent à-la-fois leurs pistolets sur lui : les balles lui rasèrent la tête. La flamme et le bruit sont le signal du combat pour un vieux cheval de bataille. Ses oreilles engourdies se reveillent à un son qui leur est familier ; ils firent

firent leur effet sur le nôtre , qui plus animé au combat , s'y élança avec la rapidité de l'éclair. Il ne parut plus ni lent , ni rétif ; il seconda tous les mouvemens de son cavalier , et semblait animé du même esprit. La charge fut terrible; le centaure tomba sur les trois coquins épouvantés. En vain ils tâchent d'éviter le double coup qui leur est porté en même-temps : l'un , en fuyant est frappé du pied de devant, tandis que du pied de derrière le cheval atteint le second dans la poitrine. En une minute deux de ces misérables tombent à côté du capitaine; le troisième , qui était le chef, saute un fossé, et traversant la haie, gagne les champs à toutes jambes. Le jeune héros ne s'amuse pas à délibérer : il ne voit aucun obstacle ; il franchit la haie et le fossé , et court sur lui.

Tome I.   B

En vain le coquin, qui se voit
poursuivi, tente d'intimider le
cheval et le cavalier. Le courage
de tous les deux une fois animé
n'était pas facile à abattre. Deux
fois le coquin, par la promptitude
de ses mouvemens, avait évité les
coups des combattans, et deux fois
en passant il avait frappé la jambe
du jeune homme. Il allait encore
éviter une troisième charge, quand
la providence, qui ne voulait pas
qu'un tel scélérat restât impuni, le
fit tomber sous les coups du jeune
homme. Avec une fureur plus
qu'humaine, il lui frappa de son
bâton le poignet dans le moment
qu'il levait son pistolet; mais il ne
s'en tint pas là, d'un autre coup
frappé sur le milieu du visage, il
le renversa sur la poussière, où il
cacha sa honte et sa douleur. Alors

la victoire déploya ses ailes d'argent ; et le vainqueur voyant son dernier adversaire sans mouvement , se hâta de retourner à son maître. Il se retrouva bientôt au sentier , lieu de la scène , qui n'était pas à un quart de mille de celui où il avait terrassé son ennemi. Mais quelle fut sa surprise, de n'y trouver ni le capitaine ni les deux voleurs ! La nuit commencait à être obscure; le sentier où s'était donnée la bataille était caché par des haies et par l'obscurité de la nuit ; pas un mot n'avait été prononcé entre les combattans ; aucun bruit n'avait été entendu , autre que le galop du cheval. Le jeune homme traversa plusieurs fois le sentier, il appela à plusieurs reprises ; aucun son humain ne se fit entendre : seulement l'écho répéta sa voix. In-

B 2

terdit , n'ayant d'expérience que
celle que l'on peut prendre dans
une maison de charité , il ne savait
à quel parti s'arrêter ; et quand il
aurait pu se déterminer , il ne connaissait pas le chemin , et ne savait
absolument de quel côté diriger
son cheval. Il commençait à sentir
dans sa jambe la douleur de ses
deux blessures , et naturellement
il souhaitait trouver quelqu'un à
qui il pût demander ce qu'il devait
faire. Il tremblait à l'idée de retourner vers son adversaire : mort
ou vivant , il n'avait pas plus d'envie de le revoir ; et il craignait
encore que tout homme qu'il pourrait rencontrer ne fût de la troupe
des voleurs. La peur d'être arrêté
pour ce qui venait de se passer
tourmentait aussi son esprit , et
mille pensées confuses troublaient

son imagination. Celles des officiers de la paroisse , de la justice,
de la prison , se succédaient dans
sa tête. Enfin , il prit le parti de
suivre dans le sentier la route qu'il
tenait avec le capitaine , et abandonna l'événement au sort. Il était
encore assez près du sentier , lorsque le bruit des sonnettes d'un
troupeau frappa ses oreilles : c'était
la seule musique qu'il connût , et
dans ce moment , elle lui fut doublement agréable. Il crut entendre
la voix d'un ami. Le marin, lorsqu'il
découvre la terre où il a reçu la
naissance , le malheureux prisonnier, quand il entend sonner l'heure
de sa liberté, l'écolier qui voit luire
le matin du dimanche , la jeune
villageoise en entrant à l'église où
elle va devenir l'épouse de son
amant, le vieux chasseur lorsque

le cri *tally* ! *hô* ! vient dérider
ses traits, enfin, rien, si ce
n'est mon ame, ô ma bien-ai-
mée, lorsque tu m'accordas un
premier sourire, n'éprouva jamais
des sensations plus délicieuses que
celles de son petit cœur en cet heureux moment : c'était le seul son
qui ne fût pas pour lui un cri d'a-
larme. En l'entendant il oublia
pour un moment son maître, ses
peines et son danger. Aussitôt il
tourna son cheval du côté où la
route traverse les collines, qui
selon toute apparence étaient encore éloignées, et il se hâta, autant
que le lui pouvait permettre la
douleur de ses blessures, qui augmentait à mesure qu'elles se refroi-
dissaient. Il était enfin à portée de
voir ces gens, lorsqu'il apperçut
deux hommes à cheval, qui ve-

naient à lui. L'agitation naturelle
de son esprit lui fit souhaiter de les
éviter. Ceux-ci s'en appercevant,
coururent sur lui, lui demandèrent
qui il était, et où il allait. L'étrange
récit qu'il fit à ces messieurs ne
parut pas leur suffire ; car en parlant de l'aventure des voleurs, il
n'avait pas fait mention de l'affaire
de la foire ; il avait dit seulement :
qu'étant avec son maître, ils avaient
été attaqués, etc. Ces deux hommes
étaient des fermiers qui reve-
naient de cette même foire ; ils
avaient assez bu pour avoir la
plus haute opinion d'eux-mêmes,
et pour être singulièrement clair-
voyans. Ils virent du premier
abord que le cheval était volé,
et l'enfant étant hors d'état et
sans intention de résister, ils l'em-
menèrent facilement. En mettant

pied à terre , ils le conduisirent
dans les formes à l'étable , où le
laissant à la garde de deux labou-
reurs , ils allèrent raconter leur
étonnante aventure aux femmes
de la maison. Celles-ci sortirent
aussitôt pour aller voir ce terrible
voleur. Il n'y en eut pas une (il
faut le dire à leur honneur) qui, à
la première vue , ne traitât les deux
hommes de fous. Ah John ! John !
dit leur mère, (car ils vivaient avec
leur mère et trois sœurs) voilà encore de tes tours d'ivrogne ; laisse
aller ce pauvre garçon — Bon ! il
ne sait où aller , reprit John ; il
dit qu'il a un maître , et il ne peut
dire son nom. Wills il faut que tu
ailles demain le livrer à la justice,
tu en auras une somme d'argent;
et toi , Betty , donne-nous de la
biere et un morceau à manger.

Tu

Tu lui porteras aussi quelque chose,
il ne faut pas le laisser mourir de
faim. Les deux frères entrèrent dans
la maison, et les femmes, qui virent qu'il était inutile de s'opposer
à leurs idées, tâchèrent de tirer du
garçon même le plus d'informations qu'elles purent. En l'inter-
rogeant, elles le virent s'appuyer
sur la muraille, et elles s'apperçu-
rent qu'il souffrait beaucoup; puis,
sachant qu'il était blessé à la jambe,
elles l'examinèrent avec beaucoup
d'humanité. Il y avait reçu une
violente contusion; cependant l'os
n'était pas cassé, et la peau n'était
pas entamée; une compresse trem-
pée dans le vinaigre, qu'elles y
appliquèrent avec un bandage, le
soulagea beaucoup. Comme son
récit avait toutes les apparences
de la vérité, et qu'il ne variait en

Tome I. C

rien, elles le consolèrent par l'espérance d'être mis le lendemain en
liberté , et d'apprendre quelque
chose de son maître. Pour le présent , elles lui promirent un bon
souper , et de la paille fraîche sur
laquelle il put bien dormir.

Ces bonnes femmes tinrent leur
parole ; et notre petit héros oublia
bientôt tous ses soucis dans les bras
du sommeil.

Les deux frères s'éveillèrent avec
des idées bien différentes : elles
étaient toutes relatives à leur équi-
pée de la veille. Leur sommeil ne
leur avait présenté que des idées
perplexes sur les suites de leur dé-
marche. Le repentir de ce qu'ils
avaient fait était peut-être au fond
de leur cœur le sentiment auquel
ils s'accordaient le plus ; mais il
était trop tard pour témoigner des

regrets, et ils se préparèrent à paraître devant le Juge. Il demeurait à quelques milles ; ils le trouvèrent heureusement chez lui, et n'attendirent pas long-temps son audience. Les frères racontèrent leur histoire avec quelque confusion ; le jeune homme, la sienne avec beaucoup de simplicité. Fermiers, dit le Juge, si vous fussiez revenus directement de la foire, vous n'auriez pas trouvé ce garçon, et vous vous seriez épargné à vous-mêmes beaucoup d'inquiétude ; je prends tout cela comme une étourderie de George. Les fermiers secouèrent la tête. Dans ce moment un domestique avertit le Juge que quelqu'un le demandait. Mon enfant, continua-t-il, vous avez en tout bien agi, et je ne doute pas qu'avant peu nous ne puissions

vous procurer quelques lumières
sur le sort de votre maître ; en attendant, vous resterez chez moi ;
et demain, vous, et le cheval, je
vous ferai annoncer par un crieur
dans les villes les plus voisines.
L'enfant remercia le seigneur le
mieux qu'il put, et les fermiers
se retirèrent assez confus. Comme
notre jeune homme est enfin en
quelque façon hors de danger,
nous le laisserons là quelque
temps ; et nous finirons ici ce
chapitre. Dans le suivant, nous
retournerons au capitaine Grey,
que nous avons laissé étendu par
terre, avec les deux coupe-jarrets,

CHAPITRE III.

LE lecteur peut se rappeler que quand le capitaine Grey fut renversé, son cheval s'échappa aussi-tôt ; et comme il n'était pas loin de la maison, il y arriva bientôt. Dick, le valet, sortait du jardin avec le vieil Abraham, lorsqu'entendant venir le cheval au grand galop, il sauta sur la muraille. A peine avait-il eu le temps de dire : *diable*, qu'il était déjà de l'autre côté. Le vieux jardinier vit tout d'un coup qu'il était arrivé quelque accident, et sortit avec toute la promptitude dont il était capable. Lorsqu'il arriva dans la cour, le cheval était seul à la porte de l'écurie. La femme de charge se tordait les bras, et jettait des cris ;

car au bruit elle était venue sur la porte. Mais déjà l'on ne voyait plus Dick. Le vieil Abraham, sans considérer s'il y avait du danger, monta le cheval aussitôt, et avança dans la route par laquelle il savait que son maître devait arriver. Pendant ce temps, Dick, avec cette impétuosité qui était dans son caractère, et sans songer à rien, entièrement entraîné par les sensations de son ame, courait à pied dans la même route. A chaque pas qu'il faisait, ses craintes sur le sort de son maître augmentaient, et la rapidité de sa course l'avait bientôt mis hors d'haleine. Forcé de ralentir le pas, il commença alors à sentir qu'il avait eu tort de ne pas prendre le cheval, et le train de celui qu'il entendit, lui ayant fait tourner la tête, il apperçut Abraham, qui était près de l'atteindre. Comme il entrait dans le sentier, le premier objet qui frappa sa vue fut le capitaine étendu sur la terre. Il vit en même-temps deux autres hommes près de lui, à peu près dans la même situation. Il se jetta sur le corps de son maître avec un regard où l'horreur était peinte ; et d'une voix conforme à sa douleur, il cria à Abraham qu'il était mort. Le vieil homme tout en pleurs descendit de cheval, et commença par lui tâter le pouls. Dick tremblant, attendait sans rien dire ce qu'il allait prononcer. Le prisonnier à la barre, au moment de l'arrêt qui décide de sa vie n'est pas dans une plus terrible attente. Le bon homme secoua la tête et tira sa lancette, l'autre sans dire un mot déchira la man-

che du capitaine. Presque aussitôt
le sang commença à couler, et le
capitaine ouvrit les yeux. Beaucoup
de gens du village, où Marie avait
jetté l'allarme, arrivèrent, et s'em-
parèrent des deux voleurs. Un
d'eux était un objet de compas-
sion ; il avait la jambe et le bras
cassés, et dans cet état il avait
tenté de se sauver. L'autre avait
perdu tant de sang, d'un coup qu'il
avait reçu à la tempe, qu'il était
encore moins en état de remuer,
et même d'y songer. Les pistolets
qu'on trouva par terre expliquaient
à-peu-près l'affaire ; et les suppli-
cations des prisonniers pour leur
grace, témoignaient assez qu'ils
étaient les coupables. Le capitaine
fut mis sur son cheval par ses
fidèles valets, qui le soutinrent
des deux côtés jusqu'à sa maison.

Dick pria les autres de s'occuper des deux hommes , et ils avançaient avec précaution , et en silence , quand le capitaine avec un pénible effort prononça ces mots : ayez soin... il n'en put dire davantage. En arrivant il était si faible qu'à chaque instant on croyait qu'il allait s'évanouir. On le mit d'abord au lit, et bientôt dans les mains d'un médecin qu'on avait envoyé chercher. Il approuva beaucoup la saignée qu'Abraham avait faite. Il empêcha le capitaine, qui voulait dire quelque chose, de se fatiguer par cet effort, et promit de rester jusqu'au lendemain. Cependant aussitôt que le capitaine reconnut le médecin , il lui demanda des nouvelles du pauvre enfant, le Docteur se tourna vers les domestiques , pour leur demander ce que cela signifiait. Le

malade apperçut la surprise de ses
auditeurs. Dites-moi donc, docteur, reprit-il, est-il mort ? Dick,
dans le plus grand étonnement,
pria son maître de lui dire de quel
enfant il voulait parler. Le docteur,
faisant taire Dick, fit doucement
la même question. Un pauvre garçon, répondit le capitaine, que
vous avez dû trouver avec moi dans
le sentier. Le docteur lui apprit
qu'on n'avait point vu de garçon ;
mais seulement qu'on avait pris
deux hommes extrêmement blessés,
qui, de leur propre aveu étaient de
ceux qui l'avaient attaqué. Le capitaine raconta en peu de mots tout
ce qui s'était passé, et le médecin,
lui recommandant le silence, l'assura qu'on prendrait tous les moyens
possibles pour retrouver l'enfant.
Puis Dick fut envoyé avec plusieurs

hommes pour faire des informations dans le voisinage , et chercher dans la campagne et dans
tous les fossés. Il s'acquitta de sa
commission avec beaucoup de soin,
mais sans succès. Le médecin ,
après déjeûné , se disposa à aller
voir un malade dans le voisinage ;
ce malade était précisément un des
enfans du digne magistrat devant
qui notre jeune homme avait com-
paru. Le docteur sut bientôt de la
mère , que Monseigneur interro-
geait un garçon soupçonné d'avoir
volé un cheval. Il pensa aussitôt
que ce pouvait être celui qu'on
cherchait , ou qu'à tout événement
il était toujours à propos d'informer le juge de ce qui s'était passé
la veille , et de lui annoncer que le
capitaine prétendait lui envoyer le
lendemain les deux voleurs , s'il

était lui-même en état de les accompagner. C'était pour cela que le domestique du juge était venu le demander. Il revint bientôt avec le docteur, et s'adressant à l'enfant, voici, lui dit-il, un ami de votre maître, et il vous assure qu'il est sauvé. Dieu soit loué, s'écria le jeune homme ; et comme s'il eut été délivré de toute crainte, il ajouta : maintenant je ne me soucie plus de rien. Le seigneur sourit de la manière rustique dont il exprimait sa joie. Non-seulement le docteur l'assura que son maître était hors de tout danger, mais il lui offrit de le conduire de suite chez lui. Aussi-tôt le jeune homme, après avoir donné la main aux fermiers, et remercié le digne juge de ses bons procédés, partit avec le médecin. En entrant dans la cour du

capitaine Grey , ils trouvèrent
Dick. Le docteur , l'appelant , lui
dit : voici le petit brave ; je l'ai
trouvé. Dick s'approcha , il l'aida
à descendre de cheval ; puis il
lui prit la main , avec toute la
cordialité d'une ancienne connaissance. Les bonnes nouvelles que
le capitaine Grey reçut de l'enfant
furent le meilleur rémède pour lui,
et le docteur le quitta avec l'espérance de le voir promptement rétabli. Cet espoir ne fut point
trompé. L'esprit une fois débarrassé , le corps reprit bientôt des
forces, et trois jours après son accident , le capitaine Grey était
assez bien remis pour quitter sa
chambre. Les deux voleurs furent
livrés à la justice , et dans la suite
ils passèrent au florissant établis-
sement de Botanny-Bay.

CHAPITRE IV.

LE capitaine Grey vit le jeune garçon le jour même de son arrivée, avant le départ du docteur. Il lui parla souvent tant qu'il fut retenu à la chambre, et lui trouva beaucoup d'esprit, quoiqu'entièrement sans culture. Tant d'héroïsme semblait se découvrir dans son caractère, (ou du moins c'était ainsi que le capitaine le voyait) qu'il ne put se résoudre à le fixer dans la servitude. Il lui fit beaucoup de questions sur ses parens. Le résultat de ses informations fut : qu'il avait été élevé dans un village près de Glastonbury, au comté de Sommerset, par des gens de campagne qui igno-

raient le nom de sa famille ; que
dix ans après, sa mère, étrangère et
inconnue, l'était venu reprendre
chez eux pour l'emmener à Londres, où son père devait les joindre,
et que cette femme s'étant arrêtée
à Piltford dans une auberge, elle
s'était trouvée surprise par les dou-
leurs de l'accouchement ; qu'enfin
elle était morte en mettant au monde
un enfant mâle. C'était la paroisse
qui avait achevé son éducation jusqu'à quatorze ans, où il avait pu se
suffire à lui-même en servant les
chartiers et faisant des commissions.

Le capitaine, qui s'attachait de
plus en plus aux intérêts du jeune
homme, se décida à faire en personne des informations assez exac-
tes pour se procurer plus de lumières. En conséquence, prenant avec
lui l'enfant et Dick, il partit pour

le village où notre jeune homme avait été mis par ses parens. Il apprit qu'il se nommait Jack ; qu'on n'avait vu sa mère qu'une fois, et qu'elle était inconnue. De-là il passa au village où cette femme était morte. Il sut que c'était l'aubergiste, nommé Smith, qui, après la mort de la mère, avait mis l'enfant à la maison de charité où il avait été reçu sous son nom ; et en attendant que ses parens fussent connus. Comme j'ai déjà donné à mes lecteurs ce jeune homme pour le héros de cette histoire, ils trouvèront bon que, pour le leur présenter plus régulièrement, je retourne à l'époque où il connut et perdit presqu'aussitôt sa mère.

Le fermier Dobbins, officier de la paroisse de Piltford, ne faisait que de se lever de son lit, et traversait

versait son champ pour aller au combat des coqs , dans le village , et faire pour sa santé son exercice accoutumé du matin , quand il apperçut la servante de l'auberge qui courait à lui. Il eut à peine le temps de lui exprimer sa surprise. Elle l'informa qu'une pauvre femme , voyageant avec un enfant , était venue passer la nuit chez eux, et était accouchée d'un enfant mort ou qui n'avait vécu que quelques instans , et enfin que la mère était mourante. Le fermier , avec la dignité convenable , lui fit sentir le tort que l'on avait de recevoir de telles gens , et doublant le pas , il fut bientôt à la maison. Il trouva à la porte le maître de l'auberge, qui l'assura à plusieurs reprises que quand cette femme était venue , il ignorait tout-à-fait la situation où

Tome I. D

elle se trouvait, et qu'il avait lieu
de croire, d'après les apparences,
qu'elle avait des parens qui pren-
draient soin de l'enfant s'il vivait.
Sur cela, le fermier s'était avancé
pour la voir dans sa chambre, et
s'informer de quelle paroisse elle
était. Mais l'hôte l'en avait empêché, en l'assusant qu'elle n'était
point en état de lui répondre, et
que, comme sa femme était avec
elle, elle n'aurait pas manqué certainement de lui faire toutes les
questions nécessaires. — Mais,
voyons ce que vous direz d'un
verre de ceci, M. Dobbins ; c'est
un échantillon d'une vieille eau-
de-vie qu'on m'envoya hier (il
tenait d'une main une bouteille,
dont il versa dans un verre qu'il
avait dans l'autre). Tenez, continua
l'hôte, goûtez moi cela, M. Dob-

bins ; la matinée est fraîche , cela
chasse l'humidité. Quand M. Dobbins aurait été au moment de se
marier , un tel charme l'aurait
arrêté ; il fit sur lui l'effet de la
pomme d'or sur la belle Atalante ;
et ce n'était pas la première fois
que le nectar du matin eût dérangé
le plan de sa journée. Le fermier
ne se fit pas prier ; mais , avalant
d'un trait, il prononça que c'était
une excellente eau-de-vie. Comme
je l'aurai à un prix raisonnable ,
dit l'hôte , je peux en donner un
coup ou deux à un ami comme
vous, M. Dobbins ; allons , entrons
là dedans, nous la jugerons mieux
à tête reposée ; Molly viendra bientôt , et nous dira tout ce qui regarde cette femme. Eh bien ! soit.
Et aussitôt qu'ils furent assis : quoi,
dit l'hôte , il faut laisser les choses

devenir ce qu'elles pourront; il n'y a d'embarrassant que l'enfant, et rien de plus simple que de le mettre à la charité; pour la mère, elle laisse de quoi la faire enterrer assez joliment. — Comment? elle est donc morte, reprit le fermier? — Non; mais on sait qu'elle ne peut pas vivre.

— Comment savez-vous qu'elle a un peu d'argent? — Elle nous en a montré, quand elle nous a priés de faire venir un médecin. Avec ces propos mêlés de mensonges et de vérités, et sur-tout avec l'aide de la bouteille, l'hôte retint le fermier jusqu'à ce que sa femme arrivât. Après une heure environ elle entra précipitamment dans la chambre et leur apprit que la pauvre voyageuse était morte. Le fermier alors monta pour la voir, et fut introduit dans une chambre où le corps était étendu sur un lit. Il apperçut une jeune femme entièrement habillée ; et ayant demandé l'enfant mort , on le lui montra. Pour l'autre enfant , l'hôtesse lui dit qu'elle avait eu peur qu'il ne troublât les derniers momens de sa mère par ses cris, et qu'elle l'avait envoyé chez une pauvre femme du voisinage.

Le fermier Dobbins demanda que les poches de la défunte fussent visitées pendant qu'il était là ; et d'abord on en tira une bourse de cinq guinées (ce fut ce qui flatta le plus la vue du fermier),un vieux mouchoir de poche , un dé à coudre , des ciseaux , un étui, furent à-peu-près le tout. Il ne se trouva ni papiers , ni porte-feuille qui pussent faire connaître qui elle était; mais ils dirent au fermier, qu'elle était venue la nuit dernière à leur maison, et qu'elle avait parlé de prendre le coche de Bath. Le lendemain matin, avec l'aide de l'hôte, le fermier fit une description de sa personne et de son habillement, et il fut décidé qu'on la ferait insérer dans les papiers publics. Comme il fallait du temps pour qu'elle fût répandue, et que d'ailleurs on avait trouvé assez pour faire les frais de l'enterrement, l'hôte s'en chargea. L'hôtesse proposa d'acheter ses hardes, et offrit du tout à l'amiable deux guinées. C'était en apparence plus que leur valeur; cela ne souffrit aucune difficulté, et le fermier, prenant encore un verre, laissa tout le reste à régler par l'hôte et sa femme. Aussi-tôt la jeune femme fut ensevelie , et elle fut enterrée trois jours après. La description si inexacte de sa personne et de son habillement fut insérée dans les papiers ; mais il ne parut pas qu'elle eût été reconnue. Seulement une personne , quelque temps 'après , vint demander à voir ses habits. On les lui présenta , et elle déclara ne point connaître à qui ils avaient appartenu. La même personne demanda où était l'enfant , on lui répondit qu'un particulier , dont on lui donna l'adresse , l'avait emmené à Londres. L'affaire resta là. Dans le fait il avait été envoyé à la charité de la paroisse ; il avait toujours porté le nom de Jack , mais on avait ajouté le surnom de Smith (c'était le nom de l'hôte), et il était alors un aussi beau JACK SMITH de sa taille que qui que ce fût dans les trois royaumes. Voilà la substance des renseignemens que le capitaine obtint à Piltford. Il jugea à propos avant son départ de tirer un certificat des officiers de la paroisse, avec un mémoire de quelques autres particularités qu'il crut pouvoir être utiles un jour à notre héros.

Il y avait déjà quelques semaines que le capitaine Grey avait pris Jack sous sa protection ; et, pendant ce temps, il avait tellement su gagner les bonnes graces de chacun dans la maison, qu'il était difficile de dire celui qui l'aimait le plus. Son courage impétueux avait charmé Dick ; son bon sens naturel, et son aptitude à tout, avaient vivement intéressé Abraham, tandis que la douceur et l'égalité de son caractère et sa bonne mine avaient gagné complétement le cœur de mistress Marie.

Marie. La reconnaissance aussi pour le capitaine paraissait si fortement prononcée dans la moindre des actions de cet enfant, que ce gentilhomme sentait à chaque instant se fortifier le désir d'être son protecteur. Quelque temps après, le capitaine Grey reçut des ordres positifs de se disposer à s'embarquer avec son régiment. Le génie du jeune Smith, qui se développait, avait tellement intéressé M. Grey, qu'il avait renoncé depuis long-temps à son premier projet de le laisser pour aider Abraham dans son absence. Pendant ce temps, Jack aidé des grossières connaissances d'Abraham, se montrait de plus en plus dans toutes ses actions digne qu'on s'occupât de lui. Toute son impétuosité ne l'empêchait pas de donner une attention soutenue

Tome I. E

aux lentes leçons du bon homme ;
et avec tout le feu d'un courage
naturel, son cœur s'attendrissait,
et des larmes coulaient de ses yeux
au récit d'une histoire touchante.

Il arriva un jour, comme il écoutait Abraham qui lisait auprès du
feu, qu'un bruit soudain dans la rue
excita leur attention. Le capitaine
n'avait pas dîné chez lui ; Dick était
allé se divertir au prochain village,
et mistress Marie, qui ne sortait jamais que dans ce temps, était allée
faire une visite dans le voisinage.
Abraham était attaqué d'un rhu-
matisme qui le tourmentait dans
ce moment. La rumeur croissant,
il envoya Jack savoir ce que c'était.
Jack avait à peine disparu un instant, qu'il revint brusquement
au salon, s'empara d'une épée de
son maître et ressortit aussitôt.

Aux informations d'Abraham il ne répondit que : *ce pauvre Tom Jennings !* et il le laissa plus inquiet qu'auparavant. Tom Jennings était un homme honnête et laborieux, qui demeurait près la maison du capitaine ; il avait servi bien des années dans la marine, il avait reçu une blessure à la cuisse dans le glorieux combat de C..., il avait son congé, et s'était retiré chez ses parens à la campagne. Peu après son oncle était mort, et il lui avait laissé un petit bien de vingt livres sterlings de revenu. Il s'était marié depuis, et avec sa petite fortune et le travail de ses mains, il soutenait son père et sa mère très-âgés. Jack s'intéressait beaucoup à cet homme, et il l'aidait souvent dans ses travaux rustiques. Il prenait plaisir à lui entendre raconter ses

E 2

anecdotes de vaisseaux. Un matelot
qui avait connu Jennings , et qui
depuis s'était fait mendiant , l'avait
vu à la foire ; et comme c'était un
drôle , ennemi naturel de tout bien
pour l'appas d'une petite récompen-
se , il avait informé un détachement
de recruteurs qui faisaient la presse,
du lieu où on pourrait le trouver:
c'était la cause du bruit qu'on avait
entendu. Les recruteurs avaient
arrêté le pauvre Tom , et ils l'en-
traînaient malgré les cris de sa
femme , de ses père et mère et
de toute sa famille , et malgré la
faible opposition de quelques voisins. Plusieurs étaient sortis de leur
grange avec leurs fléaux; d'autres
avec des fourches et les premières
armes qui s'étaient trouvées sous
leurs mains, mais ils n'osaient ten-
ter de le délivrer en voyant les sa-

bres et les pistolets que l'ennemi leur opposait. Jack, armé de l'épée de son maître, se mit à la tête des paysans, et sans autre considé-ration, il la présenta au visage du lieutenant qui commandait l'es-couade. Les paysans, animés par ce jeune homme foncèrent sur les ma-telots, qui voyant leur commandant blessé au bras par Smith, lâchèrent pied et rendirent Tom.

Dans ce moment, le capitaine Grey et quelques autres gentils-hommes passèrent heureusement à cheval au lieu de l'action. Un de ces messieurs était un officier de marine, dont un mot faisait loi. Il s'informa de la chose ; et, après avoir fortement réprimandé le lieu-tenant, il lui ordonna de se retirer. Puis remarquant notre jeune héros qui se tenait dans la troupe, ayant

E 3

encore à la main son épée dont la
pointe était ensanglantée, il s'informa qui il était, et de ce qu'il
avait fait dans la circonstance. Le
capitaine lui dit que c'était un
enfant dont il prenait soin, et dont
il lui raconterait des particularités.
L'officier de marine était une ancienne connaissance avec qui il s'é-
tait retrouvé à dîner, et qu'il ame-
nait chez lui. Les autres messieurs
étaient des gentilshommes voisins
qui, en revenant de la maison où
ils avaient dîné, avaient pris par
ce village pour les accompagner.
Le capitaine Willis ne fut pas plutôt assis dans le salon, qu'il répéta
ses questions sur Jack. Il apprit
toutes les particularités de sa vie.
Grey, dit-il, je crois bien que
votre régiment sera commandé
pour les Indes occidentales. Vous

ne voulez pas y mener cet enfant avec vous? — Non certainement, les fièvres y règnent plus que jamais. — Eh bien ! donc, si vous n'avez pas d'objection, j'en ferai un marin. Je mets à la voile la semaine prochaine ; et si cet enfant se comporte bien , je promets de le pousser le plus promptement possible : que pourriez - vous en faire de mieux ? — Je vais vous le dire , répondit le capitaine Grey. J'ai déjà écrit à M. Freeman , un de mes anciens camarades d'études, qui est allé comme vous savez s'enterrer dans les montagnes du pays de Galles. Je lui ai fait connaître l'histoire de Jack , et je l'ai prié de se charger de lui dans mon abscence , et de l'envoyer à quelqu'école du voisinage. Vous connaissez bien Freeman : quoiqu'il n'y ait

E 5

pas d'homme plus en état de l'en-
seigner que lui , je n'ai pas osé le
lui insinuer ; j'aurais tout gâté.
Mais , je ne doute pas que quand
il aura pris Jack avec lui , il ne
l'aide et ne le pousse fort loin. Je
serai plus tranquille sur l'instruc-
tion de Jack entre les mains de
Freeman , que je ne le serais s'il
était dans celles du grand docteur
Lexicon lui-même.

— Vous avez raison Grey ; je
pense que vous ne pouvez mieux
faire , quoique je sois fâché de
n'avoir pas ce jeune homme ; mais,
dans quelques années , si vous le
destinez à la marine , et que l'enfant tourne bien , souvenez-vous
de moi. Je vous ai dit souvent que
je n'avais au monde aucun parent
qui m'intéressât , et je serais flatté
de prendre sous ma protection un

garçon qui s'annonce aussi bien
que le vôtre.

Vous êtes donc sûr, dit le capitaine Grey changeant de discours,
que votre nièce et son mari sont
du nombre des malheureuses victimes qui ont péri en France.

Oui : ce pauvre jeune homme !
Quelle folie ! Il est bien lui-même
la cause de son malheur. Le plus
aimable homme qu'on ait jamais
vu ! Vous savez je crois qu'il était
le fils du duc de***, d'une des
meilleures maisons de France.
Dans un voyage qu'il fit en Angleterre, (il n'avait alors que seize
ans) il dansa avec la pauvre Nelly
à Weymour. C'était le duc de
C..., un officier du même bord
que moi, qui l'avait présenté.
— J'ai su, dit le capitaine, plusieurs circonstances de son histoire ; oserais-je vous prier de

m'en dire les particularités ? **Avec**
plaisir , reprit l'autre : c'est **un**
triste récit ; mais vous en savez le
principal. Le marquis de*** (il
avait alors ce titre) était un de ces
caractères , si rares en France , qui
peuvent plaire à un Anglais. Avec
toute la vivacité qui distingue sa
nation , il avait l'honnête fran-
chise d'un Breton. Sa parole une
fois donnée était aussi inviolable
que si elle eut été confirmée par
mille sermens. Il était dégoûté du
gouvernement français , et sur-tout
de l'inconstance et du peu de sincé-
rité de la Cour. Avec l'éducation
d'un gentilhomme de la plus haute
naissance , les plus heureuses dispositions naturelles , un esprit trop
libre pour s'astreindre aux ridicules coutumes des autres , il s'était
habitué de bonne heure à penser
d'après lui-même. Il méprisait le

gouvernement de France, et faisait le plus grand cas de la constitution anglaise. Comme il était mécontent de tout ce qu'il voyait autour de lui, il avait obtenu de ses parens, parce qu'il l'avait jugé utile, de faire le tour de l'Angleterre. Son cœur, échauffé du feu de la liberté, sentit bientôt la différence des deux gouvernemens ; et la compagnie des hommes les plus distingués par leur esprit et leur courage, qu'il eut occasion de voir dans les sociétés de P. et de W, la conversation du duc lui-même, quand elle n'était contrainte par aucune considération particulière, ne put que plaire infiniment à un esprit aussi enthousiaste que le sien de la liberté. Il fut bientôt connu, et fut distingué de l'aîné des princes de la famille royale. Toujours avide

d'acquérir des connaissances , il
accompagna le duc de C... quand
il alla faire la visite des chantiers
de construction de la marine , et
après une partie de plaisir à bord ,
il vint avec lui à Weymour. Le
duc le présenta à ma nièce , comme
à la plus jolie personne de l'asem-
blée ; mais le jeune Français fut
étonné de lui trouver encore plus
d'esprit que de charmes. Ah! Grey ,
vous devez vous souvenir de ma
pauvre Nelly. Quand vous étiez
jeune , elle disait toujours que
vous étiez le plus aimable enfant
du royaume. Ce fut donc à Weymour qu'ils firent connaissance ; et
notre jeune Français , qui avait vu
impunément les plus célèbres beautés de Paris et de Londres , fut
subjugué par les charmes sans art
d'une jeune provinciale , orphe-

line d'un ecclésiastique , et sans
fortune.

Le lendemain il accompagna le
prince à Londres. A mon grand
étonnement , il nous fit une visite
le matin , et me demanda la permission de cultiver ma connaissance quand il reviendrait à Weymour, dans quelque temps, comme
il se le proposai. Deux jours
après il revint encore ; et quels
forts que fussent mes préjugés contre les Français , je ne pus m'empêcher de le trouver aimable. Il
resta un mois à Weymour , et nous
vit presque tous les jours. Le cercle de ses connaissances était borné
et respectable. Il vivait simplement,
sans aucune affectation de luxe ou
d'ostentation. A la fin du mois , il
vint chez moi un matin , et demanda à me parler pour une af-

faire de la plus haute importance.
En peu de mots il me déclara son
amour pour ma nièce. Il me dit
qu'il connaissait parfaitement sa
famille et ses espérances , qu'il
était et voulait toujours rester
maître de lui-même , et qu'il ne
demandait que mon aveu pour lui
faire publiquement sa cour. Je lui
répondis qu'il aurait mieux fait de
ne jamais penser à ma nièce , dont
la situation dans le monde était
trop peu brillante pour qu'il pût
espérer le consentement de sa famille , et que je ne croyais pas
qu'il eût d'autre parti à prendre
que d'y renoncer. Mais , Grey , il
était trop fortement épris pour me
céder sur ce point. Il continua de
voir ma Nelly : toutefois ses visites furent moins fréquentes. Je fus
dupe de cette retenue. Je n'étais

pas toujours à Weymour, et plus de dix ans après j'appris en Amérique que dès ce temps ils s'étaient mariés à Londres secrètement. Dans ce temps il avait informé son père de ses intentions. Il lui avait aussi fait écrire à ce sujet par le prince de Galles, le duc de C..., et le fameux duc d'Orléans, dont l'infâme caractère n'était pas encore developpé. Ils l'assurèrent que, quoique la famille de ma nièce ne fût distinguée ni par une très-illustre naissance, ni par une fortune considérable, elle était ancienne et honnête, qu'enfin elle était fille d'un ecclésiastique, et nièce d'un officier de marine (je crois que mon nom fut ce qui emporta la balance): on fit valoir sa réputation de beauté, d'esprit et de sagesse. Le duc promit son consentement, mais il

voulut attendre la mort d'un oncle
dont la santé était languissante et
qui vécut pourtant encore dix
années. Ce fut alors seulement que
j'appris le mariage de cette fille
chérie avec un homme qu'elle aimait
et dont elle était vraiment aimée.
J'étais en Amérique, et j'appris que
Nelly avait accompagné son époux
en France. C'était précisément le
temps où les troubles commen-
çaient à l'agiter fortement. Le marquis contribua beaucoup à y pro-
voquer un gouvernement libre, et
une monarchie réglée ; mais son
ardeur pour la liberté avait trop
hâté la crise. Je vous épargne les
détails ; le résultat fut, que ces
monstres exécrables, indignes de
la liberté, massacrèrent le malheureux duc et sa famille ; et bientôt mon infortuné neveu et ma
nièce

nièce tombèrent sous les coups de ces ingrats. Vous avez vu dans les papiers publics les circonstances de sa mort, et même le discours qu'il tint à la populace : j'ai peine à croire qu'il l'ait prononcé. Les dernières nouvelles que j'ai reçues d'eux, portaient qu'il avait tenté d'envoyer sa femme en Angleterre; une blessure qu'il avait reçue en vengeant la mort de son père, l'ayant mis hors d'état d'y passer lui-même. Bientôt les massacres recommencèrent : je n'en ai pas su davantage. Des années se sont passées depuis, et je voudrais pouvoir oublier cette horrible histoire. Ils n'ont pas laissé d'enfans ; j'ai perdu ma pauvre Nelly, et je n'ai pas de proche parent existant. Le capitaine Willis s'arrêta ; puis il ajouta avec un sou-

Tome I. F

rire forcé : vous voyez, Grey, que votre jeune homme n'aurait pas été mal dans mes mains.

Et j'espère qu'il y sera dans quelques années, reprit l'autre, lorsqu'il aura reçu les principes d'une bonne éducation.

L'affaire en resta là pour le moment. Le capitaine Willis passa une semaine chez son ami, et convint de tout avec lui. Dans le même temps, la place de major au régiment du capitaine Grey vint à vaquer, et il l'obtint. A la fin de cette même semaine il reçut aussi la réponse de son ami Freeman ; il lui marquait qu'il se chargerait volontiers du jeune Smith ; qu'il se proposait de faire dans peu de jours un voyage à Londres, et qu'il le verrait chez lui en passant.

Comme le contenu de cette lettre

contrariait pour le moment les intentions du bon marin , il quitta
le lendemain le nouveau major.
Rien de remarquable ne se passa
jusqu'à l'arrivée du jeune ecclésiastique. Il ne fit pas un long séjour
chez le major Grey. Ce fut avec un
cœur pénétré de tristesse , que Jack
dit adieu à ses amis. La pauvre
mistress Marie , qui s'était flattée
d'avoir sa compagnie pendant l'absence de son maître , versa un tor-
rent de larmes. Le vieil Abraham
trouva que c'était dommage ; et
douta qu'il y eût aucun ministre
gallois plus savant que lui. Pour
Dick , en se mordant les lèvres
pour ne pas jurer , il ne fit que
courir dans la maison tout le jour.
Le major lui-même sentit que cette
séparation lui coûtait des regrets ;
mais il eut mieux l'art de le cacher.

Je ne rendrai pas toutes les assu-
rances de la plus tendre amitié
qu'il reçut de tous avant son départ;
mais sans autre délai, je transporte
tout d'un coup notre jeune héros
chez le vicaire gallois.

———

CHAPITRE V.

WILLIAM Freeman, aux soins de qui notre jeune héros avait été confié, était un homme bien né, allié à des gens de considération. Ayant perdu ses père et mère dès sa jeunesse, il avait connu trop tôt la liberté, et fut tout étonné qu'à vingt-un ans, loin de se voir maître d'une assez belle fortune qu'il avait toujours dû attendre, il n'avait guère plus deux mille livres sterlings. Enfin, il fut convaincu que son indépendance se trouvait circonscrite dans des bornes étroites, et il s'appliqua aux études qu'il avait négligées jusques là. Il se fit de nouveau inscrire à Oxfort, où il avait été déjà sans fruit.

Il prit le premier dégré ; en deux
ans il eut tous les autres ; ensuite il
prit les ordres du diaconat et de la
prêtrise. Enfin trouvant dans le
pays de Galles une situation qui
convenait à son goût (on peut dire
romanesque) pour la solitude , il
obtint le vicariat de cet endroit.
Il ne s'était jamais flatté d'aucun
avancement dans l'église , et il se
regardait comme établi pour sa vie
dans le vieux château de Saint-
Donats , dans le comté de Glamorgan, à un mille environ de son vicariat. Il louait son appartement dans
le château, au fermier qui tenait les
terres à bail. Moyennant six guinées qu'il donnait par an, il pouvait jouir de telle partie du château
qu'il voudrait , excepté un petit
corps de logement. Cette partie était
meublée , et on la louait généra-

lement en été à des personnes qui
voulaient se retirer pour quelques
mois aux environs de la mer, qui
baignait presque le château de Saint
Donats. Je ne vous en ferai pas la
description ; vous pouvez en lire
tant d'excellentes de tous les autres
châteaux, données par les écrivains
anciens et modernes, que je ne
me ferai pas scrupule de m'en épar-
gner la peine. Mais, cependant,
permettez-moi de vous dire que ce
vieux château est situé sur le som-
met d'un rocher d'où l'on découvre
pleinement l'embouchure de la Sa-
verne ; qu'il est vaste, ruiné, d'un
aspect effrayant, qu'il a les appar-
temens, les tours et les fortifications convenables.

Avec cent cinquante livres sterlings par an, un philosophe, homme d'esprit, dans les montagnes

du pays de Galles peut vivre très-à
son aise. Et comme tous les soins de
M. Freeman ne tendaient qu'à ne
pas excéder les bornes de son revenu, aussi il ne souhaitait nullement
en rien réserver. Le bien qu'il pouvait faire, et qu'il faisait en effet
dans ce pays, était étonnant, et
pouvait faire rougir bien des gens,
qui dépensent en une semaine plus
que lui dans une année. Les contrariétés qu'il avait éprouvées dans
sa vie, et les chagrins que souvent ses idées de liberté et son naturel impétueux lui avaient atti-
rés, n'avaient pas laissé que d'ai-
grir son caractère. Il le sentait;
et quoique de fréquens déplaisirs
eussent quelquefois troublé sa philosophie, il travaillait chaque jour
à se rendre maître de lui-même.
Jamais une expression désagréable,

OB

ou dure, ou grossière, ne lui échappait. Il jouissait d'une haute considération parmi ses voisins.

Le major Grey l'avait toujours regardé comme un homme fait pour le surpasser lui-même par la fermeté et la persévérance de son caractère ; et en même-temps, comme il était persuadé que M. Freeman portait trop loin son indépendance pour avancer jamais dans l'état ecclésiastique, il la condamnait. M. Freeman était grand et bien fait ; d'une figure ouverte et engageante ; plus de négligence que d'aisance dans ses manières, et quand il parlait, en l'observant, on aurait saisi sur son visage et dans toute sa phisionomie, un certain sourire critique : mais qu'il était différent du sourire faux du flatteur, ou du rire dédaigneux du misanthrope. Un

Tome I. G

tel homme, vont dire les dames
qui me liront, a-t-il jamais connu
le pouvoir de l'amour ? ou s'il l'a
jamais éprouvé, combien il doit
avoir été malheureux ! Eh bien,
elles se trompent. Freeman n'avait
jamais été insensible à la beauté ;
mais quelques disgraces de cette
nature dans sa jeunesse, jointes au
manque de fortune de part et d'autre, avaient desséché la fleur dans
son printemps, et peut-être c'était
une des raisons qui avaient déterminé son choix pour la vie retirée,
et qui l'avaient dégoûté du monde.
Mais il aima dans tous les temps la
compagnie du beau sexe, et elle
était presque la seule chose qui lui
fit rechercher la société. A la vérité,
il méprisait les airs impérieux de
la beauté fière de ses charmes, ou
de l'orgueilleuse fille de qualité ;

il se moquait du sourire complaisant et des mines agaçantes de la coquette ; il riait de l'affectation de modestie de la prude ; mais c'était avec le plus grand plaisir qu'il conversait avec la femme douce et sans prétentions , que la nature avait formée sur le modèle de la simple innocence ; il était toujours prêt à lui prodiguer les attentions polies d'un homme bien né et d'un homme d'esprit. Tel était Freeman , dont une jolie femme achevait le portrait en disant: qu'il ne lui avait manqué que de l'ambition pour être le héros de la perfection.

G 2

CHAPITRE VI.

Présenter au lecteur un château
sans revenant, c'est donner à un
gourmet un plat sans sauce ou de
la venaison sans pâté ; c'est offrir
à un homme rusé un piège sans
amorce , à un antiquaire l'airain
grossier, à un homme de lettres
les précieux ouvrages de l'anti-
quité dans une édition moderne.
Un château sans un revenant , c'est
un chasseur qui manque son coup ;
un courtisan qui manque un men-
songe ; une fille qui manque une
excuse. Un château sans revenant,
n'est bon à rien , qu'à y vivre ; et
si la chose allait prendre , un pauvre romancier serait réduit à mourir de faim , et son libraire à publier
des sermons : de sorte que si mon

château n'eût pas été visité par un
hôte de cette espèce, jamais je n'aurais osé exposer ces mémoires aux
regards du public. Je n'aurais pas
non plus altéré leur vérité en introduisant un être d'imagination.
Heureusement pour moi, la réputation de mon spectre ôte tout prétexte à l'incrédulité. Il est aussi
parfaitement connu que son existence est authentique.

Dans une habitation aussi sauvage, aussi inculte et aussi romantique que les rochers escarpés de
Saint-Donats, sortant du sein des
mers; dans un bâtiment aussi vaste,
aussi abandonné et aussi ruiné, il
n'est pas étonnant que ces demi-habitans de l'autre monde aient
jugé à propos de prendre une résidence. Il y avait à peine une
chambre qui n'eût la réputation

G 3

d'être visitée par un être de cette
espèce; mais, entre le château et la
mer, au milieu des débris des rochers, se trouvait un endroit dé-
sert qui semblait fait exprès pour
eux, aussi l'avaient-ils rendu très-
fameux. Au milieu de cet endroit
était un puits large et profond,
entièrement caché par des buissons
sauvages, et dangereux pour ceux
qui ne connaissaient pas les routes
irrégulières à travers les vastes cre-
vasses des rochers brisés. Ce puits
avait été d'un grand usage aux
pâtres et aux bergers qui avaient
eu une longue habitude de s'y re-
poser jusqu'au temps actuel. Il
était très-grand, et il en sortait une
source d'eau excellente, et dont
la qualité était attribuée par bien
des habitans au pouvoir surnaturel
d'un revenant qu'on disait s'être

» établi au fond depuis plusieurs siè-
» cles. Il était inoui que qui ce fût
» du voisinage eût eu la hardiesse
» d'en approcher après le coucher
» du soleil ; et si par hasard un voya-
» geur, ignorant tous ces bruits, por-
» tait sur ce mystérieux asile un
» regard curieux et téméraire (et
» c'était à quoi l'on était engagé
» quelquefois par l'inégalité du ter-
» rein) les pierres lancées du fond,
» et dont les bords étaient couverts ,
» montraient clairement que cette
» curiosité offensait le revenant , et
» qu'il la défendait à l'avenir. Le
» puits avait été connu de tout temps
» sous le nom de puits de l'esprit ;
» et peu avant que M. Freeman vînt
» habiter le château , l'histoire s'était
renouvellée avec des circonstances
si fortes, que ceux des habitans qui
avaient la réputation de gens d'es-

G 4

prit, et instruits, ne doutèrent pas qu'il n'y eût quelque chose de surnaturel. Le dernier vicaire était convenu publiquement de l'avoir vu deux fois. Voici la célèbre histoire qui, de temps immémorial, avait été transmise jusqu'à ce jour.

David Ap-Bourne ancien seigneur de ce château, du temps des guerres civiles entre les maisons d'Yorck et de Lancastre, avait empoisonné son épouse, pour épouser Jeanne de Tracy, coupable elle-même du meurtre d'un premier mari. Cette femme artificieuse et violente n'avait été portée à ce crime que par le désir de s'approprier l'immense fortune de ce seigneur, et David Ap-Bourne avait long-temps résisté à toutes ses séductions; mais, enfin subjugué par elle, il consentit à tout ce qu'elle

voulut , et peu après le mariage ils
partirent pour le château de Saint-
Donats. Jeanne avait déjà auparavant distingué le plus proche parent
du lord , jeune homme d'une santé
florissante , d'une vigueur d'Hercule , agile comme Mercure , et
beau comme Apollon. Elle ne doutait pas qu'en se défaisant du lord
Ap-Bourne elle ne pût aisément
l'amener à ce qu'elle désirait.
Le fameux puits existait déjà. Un
soir que personne n'était avec eux,
elle y conduisit son mari, sous prétexte qu'elle y avait laissé tomber
un bracelet de prix. Elle prétendit
qu'il n'était pas allé jusqu'au fond,
et qu'il était arrêté par des herbes
dans les côtés ; elle montrait du
doigt l'endroit où elle semblait encore le voir ; elle étendait la main
dans le puits , et assurait qu'elle

le touchait presque : enfin , elle le
pria d'essayer. David, par complai-
sance fit des efforts. Un peu plus
loin , mon cher lord , lui disait-
elle ; encore un peu plus loin ,
mon amour : elle était à genoux à
côté de lui , lui montrant de la
main gauche l'endroit prétendu ,
et de la droite, tandis qu'il se bais-
sait sur le bord , elle lui brisa la
tête avec une pierre qu'elle avait
préparée pour cela , et aussitôt elle
le précipita au fond ; ensuite , elle
acheva son exécrable entreprise en
jettant de lourdes masses de pierres
au fond du puits , et elle retourna
tranquillement à la maison. Louis
Ap-Bourne , le parent de David ,
vivait chez sa mère à quelques
milles du château ; car elle était si
peu maîtresse de dissimuler sa passion pour ce jeune homme , que

David lui-même, tout hébété qu'il était, s'en était apperçu, et en conséquence, à son retour, il avait envoyé son parent chez sa mère; ce fut ce qui hâta sa mort. Louis, lui-même avait quitté le château avec plaisir; il n'aurait pas été insensible aux avances de cette femme emportée. Ses œillades douces et amoureuses; son gracieux sourire, lorsqu'elle lui parlait; les mouvemens précipités de son sein; la manière expressive dont elle lui pressait la main quand elle avait occasion de la toucher, tout lui disait qu'elle était vivement éprise, et échauffait son cœur naturellement inflammable. Il voulait rester sincèrement attaché à son parent; il s'efforçait d'étouffer le feu qui s'allumait dans son cœur, mais un sourire de Jeanne triomphait de

toute sa philosophie , et il sentait
qu'il ne pouvait vaincre que par la
fuite. Ce fut donc avec plaisir qu'il
reçut du lord Ap. Bourne la permission d'aller vivre avec sa mère, car
il avait résolu de ne plus s'exposer à
la vue dangereuse de sa séduisante
et artificieuse parente. Jeanne reconnut bientôt que Louis n'était
pas insensible à sa passion. Son
air déconcerté , les palpitations de
son cœur, qui semblaient passer jusqu'à ses lèvres quand il se présentait une occasion de lui répondre ,
étaient des signes trop certains pour
qu'elle pût s'y méprendre. Elle vit
trop aussi les soupçons de son
mari ; elle leur attribua l'exclusion
de Louis du château , et ne doutant
pas que du moment où le lord Ap-
Bourne aurait fermé les yeux , elle
ne pût mettre son parent à sa place,

comme elle l'avait déjà résolu , elle
se prépara pour l'exécution de ce
projet. Elle ne fut pas plutôt rentrée
au château qu'elle depêcha vers Louis
un messager fidèle , avec une lettre.
« Votre cruel et jaloux parent n'est
» plus , lui mandait-elle. L'amour,
» l'amour à qui rien ne résiste, m'a
» donné des forces , et ce mons-
» tre robuste est tombé sous les
» coups d'une faible femme. Ac-
» courez, mon cher Louis ; venez,
» mon bien aimé , en toute sûreté
» dans mes bras ; je brûle de vous
» presser sur mon cœur palpitant.
» L'amour, le plaisir, et l'ambition
» vous appellent. Vous allez pos-
» séder le château de Saint-Donats;
» vous allez posséder les immenses
» domaines et l'immense fortune
» du tyran. Vous serez aussi le
» souverain des pensées , des dé-

» sirs , de la vie , de l'ame enfin
» toute entière de votre dévouée ,

Jeanne AP-BOURNE.

Louis , en lisant cette lettre , en
conçut des sentimens bien différens
de ceux que la passionnée Jeanne
avait cru lui inspirer en l'écrivant.
La plus froide horreur étouffa dans
l'instantle feu du désirdont son cœur
avait brûlé. « Dites à votre maîtres-
» se , répondit-il au messager , que
» je pars. L'homme retourna promptement. Louis monta aussi-tôt à
cheval ; et, sans perdre un instant,
vola, non dans les bras de milady ,
mais à la cour du monarque. Il lui
porta la lettre de Jeanne. Édouard
la lut , et ordonna qu'un corps de
troupes choisi suivît Louis au château, et amenât lady Ap-Bourne en
sa présence. Louis parut à Saint-

Donats avec ses soldats. La dame, méprisée de son amant, et prête à subir la juste punition de son crime, abandonna tout-à-fait les faibles apparences de pudeur qu'elle avait conservées ; elle monta à la tour, se prépara à la résistance, et harangua ses troupes rangées en bataille. Elle pria, elle promit, elle menaça ; mais ce fut vainement. Ses soldats eux-mêmes, qui haïssaient sa cause, baissèrent le pont-levis ; il ne resta plus alors à cette femme dépravée et passionnée que son désespoir. Elle monta à la plus haute tour, et se plongeant un poignard dans le cœur, elle se précipita elle-même au milieu de ses soldats étonnés. Louis devint alors le maître légitime du château. On chercha et on retrouva le corps de David, et bientôt après un do-

mestique révéla le crime commis
par ce lord et lady Ap-Bourne sur
sa première femme. Quelque temps
après que ces deux personnages eurent ainsi péri de mort violente et
prématurée, ils commencèrent à re-
venir. La première lady Ap-Bourne,
celle qui avait été empoisonnée,
s'empara de l'intérieur du château;
l'infâme Jeanne choisit la cour et
les fortifications ; tandis que David
Ap-Bourne affectionna le puits et
les terres voisines. Mais ces revenans n'ont jamais tourmenté lord
Louis, qui ayant épousé une dame
galloise, a vécu heureusement, et
est mort paisiblement dans son château. Son fils David lui a succédé
sous le règne d'Henri VIII, et alors
on oublia presque les revenans.
Cependant ils firent quelques apparitions du temps de Marie ; mais
sous

sous le règne glorieux d'Elisabeth, et sous celui de Jacques, on crut qu'ils avaient abandonné tout-à-fait le château. Ils ne reparurent qu'à l'avénement du malheureux Charles au trône, et ils firent tant de bruit dans ce temps, et jusqu'à la restauration, que le voisinage peut vous raconter les choses les plus étonnantes, et fidèlement transmises de père en fils, des tours singuliers et inconcevables qu'ils ont joués alors. En 1700, la veille de noël, un savant célèbre de l'université d'Oxfort, conjura puissamment les ombres des deux femmes. Il permit à la première lady Ap-Bourne d'aller par-tout où elle voudrait. L'infâme Jeanne fut envoyée à la mer rouge, et l'ame de David fut aussi appaisée pour un temps. En faveur de ces conjura-

Tome I. H

tions, le savant qui les fit fut mis en possession du château sa vie durant. Les femmes depuis ce moment n'ont plus reparu, et le spectre du puits n'a fait que quelques apparitions pour conserver la mémoire de cet événement à la postérité.

Voilà ce que M. Freeman avait pu recueillir de plus authentique sur l'esprit. D'après ces récits, aussi vagues que ridicules, ne pouvant s'arrêter à aucune conjecture, il prit le parti de réprimer tout désir curieux. Homme ou esprit, disait-il, tu es paisible, tu n'offenses personne, je ne t'offenserai pas non plus ; reste dans ton repos, tu n'as pas à craindre qu'il soit troublé par moi.

CHAPITRE VII.

Monsieur Freeman habitait l'aile
occidentale du château ; et de la
fenêtre de sa chambre à coucher
il distinguait aisément la petite
église qu'il desservait au bas de
la vallée. On entrait dans son appartement par une grande anti-
chambre ; son cabinet ordinaire,
qui était aussi sa bibliothèque , regardait au midi. On y jouissait de
l'aspect agréable de la mer.

Il avait fait dresser un lit pour
Jack dans une chambre de la tour
de l'ouest , qui , quoique isolée ,
n'était pas éloignée. Il y avait deux
jours que Jack était arrivé, il voulut
le mener lui-même à l'école dont il
avait parlé. Elle était à deux milles

du château, et il jugeait nécessaire
d'y aller avec lui la première fois.

M. Louis, chef de cet établisse-
ment, le devait aux soins et aux secours pécuniaires de M. Freeman.
Je n'ai pas besoin de dire combien
il était considéré dans cette famille
reconnaissante. Jack alla une année
à cette école. Le major Grey, acom-
pagné de Dick, s'était embarqué
avec son régiment pour les Indes
occidentales. M. Freeman avait
eu déjà la nouvelle de son heureuse traversée. Le major faisait
une peinture touchante des misères
de ces climats, trop bien connues
déjà par une triste expérience. On
avait aussi reçu des nouvelles du capitaine Willis, qui annonçait une visite dans quelques mois. Pendant ce
temps le jeune Smith s'était formé;
il commençait à bien lire et écrire.

Sa rusticité s'était corrigée et ne lui avait laissé qu'un air ouvert et ingénu. Les manières de M. Freeman, et ses instructions, avaient étonnamment changé ce grossier villageois à son avantage. L'excessive indulgence du major Grey lui avait laissé une liberté trop illimitée. Pendant les six mois qu'il avait passés auprès de lui, il n'avait fait que courir le pays avec Dick, monté les chevaux du major tant qu'il avait voulu, et s'il fût resté sous son inspection, il était dans la route de sa perte. Mais Freeman l'assujétit à un devoir strict, et ses moindres fautes étaient arrêtées à leur principe, réprimandées et corrigées. Il faut dire, quant aux châtimens, qu'il fallut bien rarement y avoir recours avec Smith ; et souvent M. Freeman se félicita d'avoir trouvé un enfant d'un si heureux caractère.

Au printemps suivant, qui complétait la seconde année de la résidence de Jack à Saint-Donats, le capitaine Willis vint pour le préparer au service de mer. Après les informations ordinaires : savez-vous, dit le capitaine à M. Freeman, que si la pauvre Nelly eut vécu, cette terre lui aurait appartenu ? — Bon, et comment cela ? — Du côté de sa mère qui était une Gwin. La branche mâle s'est éteinte ; la mère de Nelly était l'aînée des filles ; la seconde a épousé sir Morgan, et son fils est le propriétaire actuel : il est mon intime ami. Vous savez que c'est un vrai marin ? — Oui ; il s'est fait honneur dans la marine. Savez-vous s'il a quelqu'intention

de venir visiter ses terres ? — Il
compte être ici la semaine prochaine, et je retourne à Londres
avec lui : en attendant je reste avec
vous, et nous courrons ses lièvres.

Les amis de M. Freeman passèrent avec lui une semaine très-
agréable. Le capitaine Willis promit de prendre Jack après la campagne prochaine, et ils se séparèrent tous très-contens les uns des
autres. Cependant le jeune Smith,
qui commençait à réfléchir et à
priser les lettres, aurait préféré
dans son cœur étudier à l'université.
Ses revenus, trop bornés, ne lui
permettaient pas de se livrer à cette
espérance ; mais, six mois après,
le capitaine Willis ayant été fait prisonnier, il lui conseilla lui-même
de prendre ce parti, et de diriger
ses vues vers l'état ecclésiastique ;

en même-temps, il lui assura une pension de cent cinquante livres sterlings.

M. Freeman approuva beaucoup ce plan ; mais Jack était jeune pour entrer à l'université, et d'ailleurs il avait encore beaucoup à apprendre avant que de pouvoir y être reçu. M. Freeman pensa qu'il serait temps dans un an, s'il voulait jusques-là s'appliquer beaucoup à l'étude, et que les cent livres dont il serait alors redevable aux bontés du capitaine Willis, serviraient à payer les premières dépenses. Smith redoubla d'application ; insensiblement M. Freeman devint son premier maître, et les longues soirées de l'hiver se passèrent généralement à lire avec lui les auteurs classiques.

Un matin, dans les fêtes de noël, Smith

Smith s'était écarté du village de quelques milles, avec un garçon du pays qui allait voir un parent à Swansea. Peu après qu'ils se furent séparés, Jack entendit un bruit comme d'une meute de chiens, à quelque distance. Enfin, du haut d'une colline où il venait de monter, il apperçut deux hommes qui venaient à cheval, tandis que les chiens restèrent dans la vallée. L'un était un jeune homme à peu près de sa taille ; il avait un bonnet de chasse sur la tête et un fouet à la main ; l'autre était évidemment un domestique. Vous avez vu un lièvre, dit le jeune homme à Smith ? Par où a-t-il passé ? — Non ; reprit Jack, je n'ai rien vu ; je ne fais que d'arriver. — Cela est faux, dit l'autre ; vous devez l'avoir vu. — Faux !

Tome I.   I

reprit notre héros, en jettant sur
lui un coup-d'œil de mépris. Qui
que vous soyez, je suis sûr que vous
n'êtes pas gentilhomme. — Faquin,
reprit l'étranger, je vais châtier
votre insolence. Puis le frappant de
son fouet, — allez, gredin ; allez,
polisson, lui dit-il. — Smith, s'a-
vançant en fureur, s'efforçait, avec
un petit bâton qu'il avait à la
main, de rendre le coup, quand
l'autre s'élançant en bas de son
cheval : — comment, dit-il, est-ce
que tu veux te battre ? — Oui ; très-
volontiers reprit Smith. — Viens
ici, Tom, dit l'agresseur, atta-
che la jument, et par tous les diables, ne te mêles de rien. Puis,
jettant son chapeau et son fouet,
il s'avança hardiment au combat.
Notre héros ne se présenta pas de
moins bonne grace. Ils s'élancè-

rent l'un sur l'autre avec tant de
fureur, tous deux étaient si occupés
de frapper, et si peu de parer les
coups, que tous deux en peu de
secondes tombèrent ensemble. Ils
se relevèrent. Ils étaient de force si
égale, qu'aucun n'avait le moindre
avantage ; la longueur du combat et
les longs intervalles entre les coups,
attestaient que de part et d'autre
l'espérance s'affaiblissait. Cependant, leurs yeux étincelans montraient que leur fureur n'était pas
appaisée. L'étranger grinçait les
dents et, par un violent effort, il
se dégagea des bras de Smith, et
revint sur lui triomphant. Ils tombèrent encore, se relevèrent, et
plusieurs fois ils revinrent ainsi à
la charge. Smith trouva que son adversaire était plus maltraité que lui
dans ses chûtes. A la fin, par un

I 2

heureux effort , il le renversa sans tomber lui - même ; l'autre fut quelques secondes sans respiration , et comme il tentait avec précaution de se relever , Smith recula quelques pas pour le convaincre qu'il ne voulait prendre aucun avantage malhonnête. L'étranger se releva et s'avança doucement , et sans baisser les yeux ; avec les précautions de gens qui ont éprouvé les forces les uns des autres ; ils se regardèrent froidement tous les deux. Je me donne au diable , dit-il , vous êtes un brave homme , ne fût-ce que de n'avoir pas profité de votre avantage. Je n'ai point souhaité de vous combattre du tout , reprit notre jeune homme , c'est vous qui m'avez le premier insulté et frappé de votre fouet. Observez que dans

le feu du combat ils s'étaient écartés du lieu où avait commencé
l'action. Dans ce moment il partit
un lièvre , la cause première de
la querelle : voyez , dit l'étranger , mes soupçons étaient-ils sans
fondemens ? à cet égard je vous
dois des excuses. Je crois aussi
que vous pouvez l'emporter sur
moi par la force . quoique je sois
homme à me défendre ; mais si
vous êtes bien convaincu que je
suis incapable de crainte , comme
c'est moi qui suis l'agresseur , je
vous offre le premier la main.—Je
n'ai aucune envie de pousser plus
loin cette querelle , dit Smith , et
aussitôt il lui prit la main que
l'autre lui présentait. Sur mon ame,
dit le premier, je suis au désespoir
de vous avoir insulté ; vous devez
me croire un détestable querelleur;

I 3

mais j'avais vu le lièvre monter
la colline.—Je n'ai, répliqua notre
héros, aucun doute sur votre honneur ni sur votre courage. Le
domestique, qui les avait dès le
commencement engagés à laisser la
chose, mais qui connaissait trop
bien son maître pour avoir osé
s'en mêler, s'approcha et dit :
vous feriez mieux, mylord, de retourner tout de suite à la maison ;
vous avez le visage très-enflé, et
l'œil gauche presque fermé. Non,
sur ma foi, dit-il, à moins que
monsieur ne me fasse le plaisir
d'y venir avec moi. Je vous
remercie, répliqua notre jeune
homme en souriant, je ne suis
pas en beaucoup meilleur état que
vous, et j'ai au moins huit milles
à faire. Huit milles, répliqua le
jeune lord, en vérité, monsieur,

vous ne les ferez pas à pied ; j'insiste pour que vous preniez le cheval de mon domestique. A un mille d'ici il en peut prendre un autre chez un fermier , et si vous voulez me faire l'honneur de me donner votre adresse , il ira le reprendre cette après-diné.

Notre héros ne fut pas peu surpris de la différence de langage de sa nouvelle connaissance ; il comparait sa conduite du moment où il l'avait abordé, bouillant de colère , à celle présente où il se montrait si poli. Ce fut en vain qu'il voulut s'en excuser , l'autre insista fortement pour qu'il prît le cheval. Jack fut donc obligé de nommer M. Freeman , au château de Saint-Donats. M. Freeman ! dit l'autre en manifestant sa surprise, puis-je vous demander si vous lui êtes parent ?

I 4

—Je n'ai pas ce bonheur, répliqua notre héros ; mon nom est Smith. Puis-je vous demander à mon tour, à qui je suis redevable (dit-il en souriant) du cheval que vous m'offrez ? — Mon nom est Édouard Cafusin ; et j'aurai le plaisir d'aller vous faire ma visite aussitôt que je serai débarrassé des maudites marques de mon incivilité ; alors j'espère que nous ferons une autre connaissance. Les jeunes gens se donnèrent encore la main , et se separèrent avec une opinion l'un de l'autre tout-à-fait différente de celle que la première vue leur avait inspirée. Jack , monté sur le cheval du domestique , retourna au logis. Environ à un mille de la maison il rencontra M. Freeman. Le jour s'avançait, et M. Freeman était sorti pour voir si Smith arrivait. Il fut fort surpris de le voir à cheval. Il était si complétement défiguré que M. Freeman ne l'aurait sûrement pas reconnu sans son habillement. Il parut très-fâché de le voir dans cet état. Je vois , lui dit-il , que votre humeur emportée vous a fait quelque mauvaise affaire. Jack avait soutenu avec un courage héroïque le choc du matin ; mais il ne supporta pas de même le déplaisir de son protecteur; il fondit en larmes. M. Freeman lui dit quelques mots plus doux. — Avec qui vous êtes-vous battu , et qui est-ce qui vous a prêté ce cheval? — Avec le lord Édouard Cafusin , repondit-il , et ce cheval est à lui. — Le second fils de mylord duc ! Ah ! je vois ce que c'est. Il vous a si bien battu qu'il a fallu après vous prêter un cheval ; et ces derniers

mots furent prononcés avec un certain sourire. Jack ne répondit pas
sur le champ, et M. Freeman continua avec beaucoup de gravité.
— Je suis très-fâché de cette aventure ; je ne doute pas que le duc
ne la regarde comme une insulte à
sa personne ; et il est d'ailleurs
bien loin de mes principes de manquer à qui que ce soit. Ils furent
bientôt au château, et Jack ne fut
pas plutôt remis du chagrin que
lui causait l'humeur de M. Freeman, qu'il demanda à lui parler
un instant. Il lui raconta franchement et honnêtement l'origine et
l'événement du combat, et finit
en lui disant que la peine que
cette affaire paraissait lui causer,
était la seule chose qui lui donnât
des regrets. M. Freeman lui répondit avec douceur : mon cher en-

fant, vous n'avez eu aucun tort; j'ai une pleine confiance dans la vérité de tout ce que vous me dites ; je vous ai toujours connu vrai et sincère. Si le duc juge à propos de se mêler de cette affaire, je vous soutiendrai en tout : je suis très-satisfait de votre conduite. La joie brilla dans les yeux de Jack, il oublia entièrement qu'il était brisé. Il se mit à table avec le meilleur appétit. Après son repas, M. Freeman crut à propos de le faire mettre au lit. On pansa ses blessures, et le repos dont il avait besoin lui rendit ses forces.

Dans l'après-diné un des valets de son excellence vint chercher le cheval. Il dit au vieux domestique de la maison que le duc avait paru d'abord furieux, mais que son maître lui avait fait promettre en-

suite de ne parler de rien à M.
Freeman ; qu'il avait fait un très-
grand éloge du jeune homme ;
enfin qu'il l'avait chargé , en présence de son père, de lui dire qu'il
viendrait bientôt lui rendre visite.
Environ une semaine après le jeune
lord vint un matin pour être sûr
de trouver son nouvel ami. M.
Freeman vit en lui un beau jeune
homme , de la taille de Smith ,
mais un peu plus grand. A la vérité
il promettait beaucoup , mais une
mauvaise éducation, ou pour mieux
dire un défaut total d'éducation ,
avait tout corrompu en lui. Il était
resté dans une pension particulière
jusqu'à onze ans ; alors s'étant rendu remarquable par une mauvaise
conduite décidée, son excellence ,
d'après les plaintes continuelles du
maître , qui ne pouvait plus le gou-

verner, avait jugé à propos de l'envoyer à une école publique. Notre jeune Achille, libre jusque-là, fut aussi difficile à courber au joug de la discipline, que le fils de Pélée à reconnaître dans les commencemens l'autorité suprême d'Agamemnon. Il devint tout-à-fait indomptable. Je ne saurais dire quelle correction lui aurait été infligée, s'il n'eût été chassé après avoir été puni plusieurs fois. Il y fut tout-à-fait insensible, et alla dans la famille de son père au comté de Glamorgan. Il avait amené avec lui une meute de chiens qu'il avait achetée à Tattersall. Il n'était pas étonnant qu'il se fût si mal comporté, et qu'il eût traité Smith de la façon que nous l'avons dit. Ses manières libres et impérieuses avaient frappé M. Freeman, et il le jugea d'abord une connaissance fort peu convenable pour son jeune éleve. Le lord resta une grande partie de la matinée, et en partant, il engagea Smith à fixer un jour très-prochain pour le venir voir, et passer quelque temps avec lui. Smith répondit qu'il était soumis en tout à la volonté de M. Freeman. Le jeune lord parut fort surpris, et répéta son invitation en s'adressant à M. Freeman, de l'air d'un homme certain de n'être pas refusé. Celui-ci lui répondit froidement que Smith le remerciait de son offre obligeante, mais que leurs situations dans le monde étaient si différentes, que l'intimité entre eux ne serait pas convenable. L'étonnement du lord Edouard croissait à chaque instant. Un refus était ce à quoi il s'était le moins attendu, et il ajouta,

avec cette chaleur qui lui était
ordinaire lorsque quelque chose
lui déplaisait : je suppose, monsieur, qu'on vous a fait quelques
diables de contes contre moi, car
la conduite de Smith a si bien
été celle d'un gentilhomme, que
je ne vois aucune différence entre
nous. M. Freeman répondit : je
ne suis point accoutumé, mylord,
à donner créance à tous les contes ;
mais votre naissance, votre éducation et vos manières sont trop
éloignées des nôtres. — Mes manières, monsieur, reprit vivement
le lord Edouard, avez-vous aujourd'hui trouvé dans mes manières
quelque chose qui vous ait offensé,
M. Freeman ? L'autre dit avec
calme : désirez-vous réellement,
mylord, que je réponde à votre
question ? Oui, monsieur, sur

mon ame je le désire, répliqua
le gentilhomme , piqué, et d'un
ton étudié, en s'efforçant de parler
aussi librement que sa colère le
lui pouvait permettre.

— Eh bien , monsieur , souffrez
que je vous dise que l'habitude
constante où vous êtes de jurer,
répugne totalement à mes principes. Le lord fut étonné de cette
réplique. Il n'avait pas de réponse;
elle était dans un langage auquel
il n'était pas accoutumé. Il avait
entendu à l'école quelques vérités
fortes ; mais il avait, avec quelque raison , été révolté de leur
rudesse. Dans sa maison, le langage était toujours celui de la
flatterie; mais ici c'était une vérité
mortifiante dans les termes les
plus polis. Enfin il répondit :
je ne pense pas , monsieur ,

avoir

avoir à rendre compte à personne de ma conduite ; puis, avec beaucoup de gravité, je vous souhaite le bon jour. Se tournant ensuite vers Smith : j'espère vous voir bientôt, lui dit-il ; et comme, en prononçant ces mots, il était déjà à cheval, il partit aussi-tôt. Les deux autres étaient encore dans la cour, sans ouvrir la bouche ni l'un ni l'autre, quand le bruit d'un cheval, arrivant au galop, les fit arrêter. Au même instant le lord reparut ; et, s'adressant à M. Freeman « Je suis fâché, mon-
» sieur, lui dit-il, d'avoir reçu avec
» trop de hauteur un reproche juste.
» Si j'avais eu le bonheur de ren-
» contrer souvent un ami qui m'a-
» vertît aussi franchement de mes
» fautes, je n'aurais pas aujourd'hui
» à vous importuner de ces excu-

Tome I. K

» ses. » Et il se disposait à repartir,
quand M. Freeman, frappé du noble
courage avec lequel ce jeune homme avouait sa faute, lui répondit:
« Mylord, le franc aveu que vous
» faites d'une erreur est une marque
» certaine que vous n'êtes pas en-
» durci dans vos mauvaises habitu-
» des, et que si vous voulez vous ob-
» server seulement quelque temps,
» vous n'aurez pas besoin d'autre
» avertissement de personne. » Il y
avait dans ce discours quelque
chose qui flattait plus le lord qu'il
ne l'accusait; il le louait en le
condamnant, et il reprit avec un
sourire : je suis très-charmé, monsieur, de voir que vous n'ayez
pas si mauvaise opinion de moi.
J'avoue que j'ai été un peu léger
jusqu'ici, mais si vous me permettez de cultiver la connais-

sance de Smith, je vous promets de faire de mon mieux pour ne le pas corrompre. Eh bien, répondit M. Freeman, en marquant d'un signe de tête son consentement, je reçois votre parole, et il ne se passera pas beaucoup de temps sans qu'il vous rende votre visite. Les jeunes gens causèrent encore un peu ensemble, et lord Édouard prit congé bien autrement qu'il n'avait fait une heure auparavant. C'est grand dommage, dit M. Freeman, quand il fut parti, qu'un tel jeune homme se perde.

Quelques jours après, en conséquence de la promesse de M. Freeman, Jack rendit au lord Édouard sa visite ; et dans la journée, il eut une conversation avec son Excellence. Les jeu-

nes amis dînèrent seuls : le
lord Édouard pensa naturellement
qu'un dîné cérémonieux avec son
père et sa mère, ne plairait pas à
Smith. Il resta la nuit, et le lendemain le lord Édouard le recon-
duisit. Il ne le quitta que le soir,
plus content que jamais de M. Freeman, avec qui il avait eu une
longue conversation.

Peu après un domestique du duc
apporta un panier de venaison, avec
une lettre adressée à M. Freeman.
Le duc lui écrivait lui-même,
que sachant qu'il aimait la chasse
l le priait de prendre ce plaisir
par-tout où il le jugerait à propos
sur ses terres. Son Excellence lui
témoignait en même-temps sa satisfaction des attentions polies qu'il
avait eues pour son fils Édouard.
M. Freeman, dans sa réponse,

remercia le duc de son présent,
et lui dit : que quoiqu'il fût rarement dans le cas de chasser
jusques sur ses terres, il ne lui
en était pas moins obligé pour la
permission qu'il lui donnait. Ainsi
rien ne troublait alors la paix et
l'harmonie. Le lord Édouard était
souvent à Saint-Donats, et n'était
jamais si heureux qu'à la compagnie de M. Freeman et de son
nouvel ami.

CHAPITRE VIII.

Sᴍɪᴛʜ entrait dans sa dix-septième année quand M. Louis quitta
le voisinage de Saint-Donats. Son
école avait acquis de la consis-
tance , il voulut la placer plus
au centre de ceux qui la fré-
quentaient. M. Freeman saisit avec
plaisir cette occasion de se charger
de la partie la plus avancée de l'é-
ducation classique de Smith, avant
qu'il allât à l'Université. Le lord
Édouard , qui était frappé de
l'attention soutenue que donnait
à l'étude un jeune homme aussi
vif et aussi impétueux que lui-
même , commença à voir avec un
certain respect l'étude des sciences. Quand une fois le respect
est produit, le désir de posséder

ce qui l'a fait naître suit promptement dans un esprit actif. Le lord Édouard conçut bientôt un désir secret d'être admis à quelques-unes des instructions de M. Freeman, et celui-ci s'y prêta d'abord avec une sorte de répugnance, mais ensuite avec un certain plaisir que donnent toujours les succès dans l'enseignement.

Quelque temps après, M. Freeman, qui était sur le point de faire une visite à une ancienne connaissance près Durham, proposa à Smith de le mener avec lui, et de le placer à Oxfort, qui était sur sa route. Le lord Édouard devait les joindre à Londres, et entrer à CC. en même-temps. Il avait déjà été question de lui donner pour instituteur particulier, M. Plausible, un savant âgé, et son

Excellence avait promis de procurer à Smith, par son crédit, la
première bourse vacante : ainsi
notre héros avait été assez heureux
pour que chaque connaissance
qu'il avait faite dans sa vie fût
devenue pour lui un ami utile. Un
pauvre orphelin, élevé par charité
dans un hôpital, se trouvait, par une
heureuse chaîne de circonstances,
non seulement être introduit dans
les premières maisons, mais avoir
en quelque façon une existence
assurée. Dans la route qu'ils firent
ensemble, M. Freeman fit connaître à notre jeune homme sa
position actuelle et ses espérances
pour l'avenir. Le major Grey avait
absolument exigé que son ami ac-
ceptât vingt livres sterlings par an
pour la pension de Smith, mais
M. Freeman n'entendait pas en
retenir

retenir un denier. Tous les ans, après avoir payé les dépenses de son école et de son entretien, il avait mis le surplus en réserve. Cet article, dit-il à Smith, fait aujourd'hui plus de quarante livres sterlings ; bientôt il va vous en être dû cent cinquante de la somme que le capitaine Willis a eu la bonté de vous assurer, de sorte que vous vous trouvez posséder environ deux cent livres sterlings pour commencer ; outre une pension annuelle de soixante-dix livres sterlings, et votre bourse ; et c'est, je vous assure, plus que bien des jeunes gens titrés, et des meilleures familles, n'ont en entrant à l'Université. Vous voyez donc quels sont vos moyens ; ayez soin de ne jamais les excéder par vos dépenses. Si vous voulez éviter le mal, craignez

Tome I. L

la tentation. Ne vous pressez pas
de former des liaisons. Ne cherchez
pas une nombreuse société, le lord
Édouard vous répandra bien assez
dans le monde. Sur-tout, Smith,
efforcez-vous de régler vos passions ; enfin, songez à les morti-
fier si vous voulez être un bon
chrétien. Smith l'écoutait comme
si c'eût été un ange qui eût parlé ;
et de moment en moment, il le
remerciait et lui témoignait combien, dans tous les temps, ses avis
lui seraient précieux. M. Freeman
les lui promit, ainsi que tous les
secours qui seraient en son pouvoir.

Leur voyage fut très-heureux,
et ils arrivèrent chez l'ami de M.
Freeman, qui était parvenu nou-
vellement à un haut rang dans
l'Église. Il était en possession de
plusieurs bénéfices considérables,

tels que la prébende de D. etc. , etc.
Il avait aussi deux frères au Parlement , et n'était occupé que de son
avancement dans son état. Il avait
épousé de bonne heure une femme
à qui la naissance et la fortune
tenaient lieu de tout ce qui lui
manquait d'ailleurs : du moins c'é-
tait ainsi que M. Solingey en jugeait. Il avait pressé si instamment
et si souvent M. Freeman de le
venir voir qu'il comptait passer
une quinzaine avec lui , et ensuite
aller chez M. Selfwill , un vieux
garçon , propriétaire d'une terre
considérable , et une ancienne
connaissance de son père. Mais
j'ai oublié de dire qu'en allant
chez monsieur Solingey , ils avaient
couché à Yorck. Smith , qui s'était
levé de bonne heure , voyant que
son ami n'était pas encore éveillé,

voulut se promener dans la ville ;
puis , engagé par le beau temps ,
il s'était éloigné, dans une promenade agréable , jusqu'à un de-
mi-mille des environs de là. Les
sons d'une harpe ayant frappé son
oreille , il s'était avancé un peu
plus , et avait apperçu une élé-
gante maison qu'un bosquet touffu
avait d'abord dérobé à ses regards.
En approchant doucement du lieu
d'où partait la musique , il avait
entendu distinctement les chants
d'une femme , accompagnés des
sons de la harpe.

Dans son empressement à chercher les moyens de voir la personne qui chantait, il se décou-
vrit , et se punit lui-même. La
fenêtre était ouverte ; une jeune et
charmante demoiselle était seule ,
assise devant sa harpe. Ses cheveux

noirs flottaient au gré du vent, et formaient un contraste admirable avec l'éclatante blancheur de son teint. Le sourire de l'innocence ornait son visage, et le feu, dont le sujet de ses chants animait ses yeux, augmentait leur éclat naturel. C'était avec des graces bien loin d'être étudiées, que ses mains plus blanches que la neige, parcouraient légèrement les cordes. Elle apperçut dans l'instant notre jeune homme. Une rougeur modeste couvrit aussi-tôt son visage. Dans la précipitation qu'elle mit à fermer la fenêtre, elle laissa tomber un médaillon qu'elle portait à son cou. Smith, qui s'était avancé pour lui faire des excuses, ramassa le bijou, et ses manières honnêtes engagèrent la demoiselle à rouvrir la fenêtre. Il s'excusa dans les termes les plus civils, les plus

L 3

respectueux et les plus flatteurs ;
et une politesse toute naturelle fit
rester la belle personne , tandis
qu'une femme de chambre allait
chercher le médaillon. En le
rendant à celle-ci , il se permit
galamment d'y imprimer un bai-
ser brûlant ; aussi-tôt il fit une
profonde révérence et partit. En
retournant à l'auberge , il était si
occupé de cette belle dame , qu'il
se trompa trois fois de route ; et ,
après avoir informé M. Freeman
de la cause de son absence , il tomba
dans une profonde rêverie tout le
temps du déjeûner. Ce fut à regret
qu'il quitta Yorck , et son ami ne
manqua pas de le railler d'être épris
à la première vue. Au reste, quand
ils arrivèrent chez M. Solingey, la
charmante inconnue était presque
entièrement oubliée.

M. Solingey reçut ces messieurs

avec plus de cérémonie et d'ostentation que de véritable et franche
amitié. M. Freeman , l'homme du
monde le moins fait pour jouer l'ad-
miration , en quelques heures ,
était déjà fatigué de la grandeur
de celui qu'il appelait jadis son
ami. Il se détermina aussitôt à abré-
ger son séjour , et à ne pas rester
chez lui plus d'une semaine ; en
conséquence , il écrivit à M. Selfwill qu'il irait le voir la semaine
suivante. De-là il se proposait d'aller à Londres , et de suite à Oxfort ,
pour placer le jeune homme à l'Université, et passer quelques jours chez
une vieille tante , qui demeurait à
environ trente milles de là. Notre
jeune héros fut bientôt très-ennuyé
de l'orgueil formaliste de son hôte,
et le matin , après déjeûner , tandis
que M. Freeman faisait une partie

L 4

d'échecs avec le docteur , ou qu'il
visitait les domaines , il allait ordi-
nairement se promener seul , et ne
rentrait guères que pour le dîner.

Dans une de ses courses solitai-
res , il vit venir à lui une chaise
menée avec une extrême rapidité ,
par un sentier long et étroit. Smith
se promenait sur une hauteur , à
quelque distance de la route. La
curiosité le porta à s'approcher de
la voiture. Alors une voix de femme
en sortit avec efforts, et il entendit
crier au secours , au secours. Dans
l'instant un homme se penchant
en avant , l'empêcha de voir la
personne qui avait crié, et il n'entendit plus rien. Mais il en avait
assez entendu pour exciter en lui
tous les sentimens de l'humanité.
Il demanda qui était dans le carosse. C'est une folle , répliqua

l'homme : allons , cocher. Un cri étouffé frappa son oreille. Il ordonna au cocher d'arrêter ; celui-ci, loin d'obéir, fouetta les chevaux de toute sa force. Le chemin était si étroit qu'il ne put sauter à la portière , et la voiture passa devant lui ; mais il courut sur le côté pour arriver au bout du sentier avant elle. Alors le postillon mit les chevaux au galop ; et l'homme , qui était dans la voiture , lui présenta le pistolet. Smith sentit qu'il perdait du terrein , et vit qu'il n'atteindrait pas le carosse. Aussitôt , avec la rapidité de l'éclair , il ramassa une pierre, et la lança au postillon. Ni Pâris, ni le jeune Ajax, ni le fameux Guillaume Tell lui-même ne visèrent jamais plus juste. Le coup fut si violent , que toute la masse de la moëlle en fut électrisée. Le malheu-

reux trébucha , et cédant à la douleur , tomba de cheval la tête la
première. Les animaux , effrayés ,
doublèrent d'abord de vîtesse ; mais
comme ils n'avaient pas été ména-
gés , la peur céda bientôt à la
fatigue , et n'étant plus forcés par
le fouet ni l'éperon , ils s'arrêtèrent d'eux - mêmes. L'homme, furieux, descendit de la voiture ; et
comme Smith approchait , il fit feu
sur lui. Au même instant notre
héros le frappa de son bâton , et le
renversa du coup à ses pieds. Alors,
sans s'occuper de lui , il courut au
carosse , d'où une femme charimante
mante s'élanca dans ses bras. Il porta
ce précieux fardeau sur une petite hauteur tout près de la route.
La frayeur lui avait presque ôté
l'usage de ses sens ; ses larmes la
soulagèrent. Jusqu'alors , sans la

regarder , il n'était occupé que de
la secourir. Il jetta enfin les yeux
sur elle , et reconnut avec le plus
grand étonnement , mais avec plus
de plaisir encore , la séduisante mu-
sicienne qui l'avait si fort intéressé à Yorck. Jamais notre héros
ne connut un plus heureux moment.
Le plaisir est trop court, dit le sage;
puis-je donc m'arrêter plus à propos.

CHAPITRE IX.

J'AI laissé mon héros dans une
situation si douce , que, je l'avoue,
je n'avais aucune envie de le trou-
bler. Mais il le faut bien , si je veux
poursuivre mon histoire. Que ne
suis-je assez bon peintre pour repré-
senter parfaitement au lecteur l'at-
titude dans laquelle le jeune homme
écoutait la belle inconnue , dont la
voix pénétrait jusques à son cœur.
Elle lui dit que, trompée par la livrée
et le carosse de son père , et par un
de ses valets qui avait été gagné, elle
avait été conduite par une route
secrète , et qu'on la traînait malgré
elle en Écosse. La belle personne
s'arrêta en appercevant son ravisseur qui reparut à côté des che-

vaux; il avait recouvré ses forces,
mais il ne cherchait pas à joindre
notre héros. Il avait déjà coupé les
traits, et montant le cheval de
selle, il s'échappa à toute bride.
Le cocher vint aussi en boitant,
mais si blessé du coup qu'il avait
reçu au dos, qu'il pouvait à peine
marcher. Smith lui ordonna, sous
peine de la vie, de préparer l'autre
cheval pour conduire la dame à
quelque endroit sûr, et revint à sa
belle protégée, dont le récit fut
bientôt achevé. Elle avait voyagé
seule toute la nuit, et n'avait été
jointe par la personne qui était dans
la chaise, que le matin. Ce n'était
qu'alors qu'elle avait reconnu ses
intentions en l'attirant hors de chez
elle. Il avait toujours fait courir un
homme devant pour faire tenir des
relais dans des lieux écartés, afin

de prendre des chemins détournés.
Il lui avait caché le visage avec un
mouchoir , quand on passait par
des endroits plus fréquentés. De
cette manière ils avaient voyagé
sans être arrêtés , jusqu'au moment
où elle avait eu le bonheur de le
rencontrer. Sa conduite attestait
assez qu'elle avait fait toute la résistance dont elle était capable , et il
est inutile de dire quelle expression
animée son cœur , vivement touché
de reconnaissance , donnait à ses
remercîmens. Notre héros était en
extase. Il recueillait avec avi-
dité chaque mot qui sortait de sa
bouche , et dans peu d'instans il
fut enivré d'amour. Le médaillon ,
que la belle étrangère avait laissé
tomber par la fenêtre , était tombé
encore dans la chaise. Smith le
présenta à la belle , à qui il appar-

tenait. Vous l'avez sauvé deux fois,
monsieur, lui dit-elle avec un
sourire, c'est bien assez pour que
je puisse vous prier de l'accepter.
Je serai trop heureux, répondit-il,
en la remerciant avec transports,
si vous me permettez de le porter
éternellement sur mon cœur, qui
n'a pourtant besoin de rien pour se
rappeler celle à qui il appartient.
Il allait continuer dans le style des
amans, lorsque ces délicieuses sensations furent troublées par l'arrivée de quelques hommes à cheval,
qui s'avançaient d'un air menaçant.
A l'instant où le chef de la troupe
apperçut la belle, il arrêta son
cheval, et, levant la main, il appela aussi fort que sa voix faible et
grêle put le lui permettre. Il y avait
dans ses observations et ses manières, un mélange d'affectation et de

stupidité si ridicule, que Smith,
en tout autre tems, en aurait ri
de bon cœur ; mais, dans ce moment, il n'avait pas le tems de rire.
Un autre gentilhomme plus âgé
survint bientôt, et le plus jeune
parut lui céder volontiers le poste
d'honneur dans cette affaire ; mais,
dans l'instant, la dame courut au
devant, et l'appelant son père,
elle l'informa que notre héros était
son libérateur. Les remercîmens et
les félicitations furent prodigués,
comme on peut croire. Dans ce mouvement, le coquin, que Smith avait
fait rester pour conduire la voiture,
s'échappa ; mais les domestiques du
gentilhomme étant arrivés, il fit
descendre l'un d'eux, et mettre son
cheval à la chaise avec celui qui restait. En peu de minutes tout fut prêt.
Le vieux gentilhomme avait deman-
de

dé à notre héros s'il demeurait loin de l'endroit. Smith lui dit que c'était à un mille. Ils dirent encore quelques mots , et sans une cérémonie incommode , et même sans complimens extraordinaires , ces messieurs, avec la dame , prirent congé de lui. Les yeux de la dame, à la vérité , parlèrent plus que sa bouche , quand elle lui renouvella ses remercîmens pour le secours qu'il lui avait donné si à-propos. Smith lui donna la main jusqu'à la voiture et lui fit une profonde révérence. En quittant sa main , un soupir échappa de son cœur , et parla un langage que toute femme sait entendre. Il resta enseveli dans ses pensées , à l'endroit où le carosse le laissa seul , repassant dans son esprit toutes les circonstances de ses deux entrevues avec la char-

Tome I.   M

mante inconnue. Il était en proie à
toutes les craintes de l'amour , et
il n'était pas encore revenu de la
stupeur où son départ l'avait plon-
gé , quand le bruit de chevaux
qui étaient tout près de lui , attira son attention. A peine avait-il
eu le temps de se retourner, qu'il
fut renversé d'un coup , à terre.
Un des assassins , car ils étaient
deux , descendit à l'instant de cheval , pour l'achever. Il ne prétendait rien moins que s'assurer de sa
mort , quand un événement suspendit le coup fatal et inévitable.

De ces deux assassins , l'un était
le ravisseur de la jeune dame , et
l'autre son valet. On se rappelle
que le premier avait monté le cheval de poste , et s'était enfui au
galop. A deux milles environ de
la route , il avait trouvé son valet

qui attendait avec des relais , et c'était dans l'espoir de reprendre leur prisonnière , qu'ils étaient revenus. Heureusement la dame était en mains sûres. Mais Smith aurait bientôt péri , comme nous venons de le voir , victime de leur vengeance , si deux cavaliers qui parurent , n'eussent obligé celui qui était descendu de cheval , à y remonter précipitamment , et à prendre la fuite. Les deux cavaliers étaient un gentilhomme et son valet , qui , ayant tout vu de loin , accouraient à toute bride. Le domestique , sans attendre d'ordre , poursuivait vigoureusement les fuyards ; mais ils avaient des chevaux frais , et son cheval , qui était aussi de poste , n'était point du tout disposé à aller plus vîte que le pas ; de sorte qu'il fut bientôt obligé

M 2

d'abandonner leur poursuite. Il revint à son maître qui, ayant relevé Smith dans ses bras, dit du ton de la douleur : Dick, n'avez-vous pas vu quelque part une figure qui ressemble à celle-ci ? Oh ! diable ! s'écria l'autre ; sur ma vie, c'est le jeune Smith. En ce moment, à la satisfaction de tous, Smith ouvrit les yeux ; et reconnaissant le major Grey et Dick, il pensa s'évanouir une seconde fois, mais de joie. Le jeune homme sentit un plaisir qu'il ne cherchait pas à cacher. A chaque instant il prenait la main du major, et s'informait avec inquiétude de sa santé. Il fut long-temps sans pouvoir répondre aux questions du maître et du valet, qui lui demandaient par quel accident il avait été attaqué. Enfin, quand Smith eut satisfait leur curiosité , ils lui apprirent à leur tour , qu'étant revenus des Indes occidentales, avec le reste de leur régiment , ils allaient à Londres , quand ils avaient rencontré un ami de M. Freeman , et qu'ils avaient su de lui qu'il était dans ce canton ; qu'aussitôt ils avaient pris la poste , et venaient le voir lorsqu'ils s'étaient trouvés là si à-propos.

Ils n'étaient pas loin de la maison du docteur. M. Freeman fut enchanté de revoir son ami en bonne santé. Il prit à l'instant son parti de quitter le lendemain son illustre ecclésiastique , et d'aller chez M. Selfwill, avec le major, qui était aussi de sa connaissance.

CHAPITRE X.

L'ARRIVÉE du major Grey empêcha que MM. Freeman et Smith
ne restassent aussi long-temps qu'ils
l'auraient fait chez M. Selfwill.
Ils promirent de lui faire bientôt
une autre visite , et accompagnè-
rent le major, qui allait à Londres.
C'était la première fois que le jeune
homme avait vu la ville ; elle sur-
passait toutes les idées que sa jeune
tête s'en était formée. Il ne pouvait se lasser de parcourir les rues;
et dans chacune il trouvait une nouveauté agréable. Le lord Edouard
l'attendait dans cette capitale. Il
l'introduisit dans des sociétés de
leur âge , et ce n'était que parties
de plaisirs, et amusemens divers.
Quelquefois le major Grey et M.

Freeman les accompagnaient ; d'autres fois, nos jeunes gens allaient seuls.

Ils passèrent trois mois dans ces plaisirs. Rien ne pouvait être plus charmant pour un esprit de la trempe de celui de Smith, toujours avide de connaître. On ne sera pas surpris sans doute que la première jouissance des plaisirs enchanteurs de cette ville, ait eu pour lui des charmes irrésistibles. Enfin ils allèrent à Oxfort. Dick, qui n'était pas le moins étourdi de la compagnie, jura au valet du lord Edouard, que M. Smith était certainement né gentilhomme. Cependant lord Edouard fut inscrit à CC. comme fils d'un noble, et Smith dans la communauté, en attendant la place qui lui était promise avant son arrivée. On l'assura qu'elle ne tarderait pas à vaquer, et qu'il en serait pourvu avant qu'il vînt résider.

Ces messieurs se séparèrent à Oxfort. Le lord Edouard et M. Freeman retournèrent ensemble au pays de Galles, et Smith accompagna le major à sa maison de Wiltshire. Le vieil Abraham et mistress Marie, furent si étonnés, que la voix leur manqua pour exprimer leur joie. Ils étaient prévenus sur l'arrivée de leur maître; mais ils étaient loin de soupçonner par qui il était accompagné. Le vieil Abraham regardait notre héros; il lui prit la main amicalement. Il voyait en lui son ouvrage, et il était orgueilleux du mérite d'un jeune homme à qui il avait donné les premières instructions, auxquelles il n'attachait pas peu de prix. Smith se jetta au cou de mistress

tress Marie , et l'embrassa de si bon cœur et si fort, qu'il fit rougir les chastes sillons dont le temps avait décoré ses joues. Notre héros passa enfin dans le sallon avec ses amis. Il ne serait pas facile de rendre tout ce qui fut alors dit sur lui, entre Dick et les autres domestiques. Dick parlait de sa bravoure; Abraham , de ses progrès dans les sciences ; et mistress Marie , sans ménager ses termes , vantait sa beauté , sa taille , et sa bonne mine. Dans leur surprise de le voir , ils avaient presque oublié leur maître bien aimé , que Timon le misanthrope lui-même n'aurait pu s'empêcher de chérir.

Entre autres choses , le major dit à Smith qu'on lui avait offert un régiment , s'il voulait retourner aux Indes , et que cette proposition était si avantageuse qu'il ne

Tome I.   N

croyait pas pouvoir la refuser. Je suis plus accoutumé au climat, dit-il, et j'ai moins de funestes effets à en craindre qu'un nouveau venu. Il lui dit aussi qu'en débarquant à Saint-Domingue, il se proposait de doubler la pension qu'il lui faisait. Enfin, le major lui donna d'excellens avis, que je me dispenserai de répéter quoiqu'ils ne fussent pas diffus. Au reste, tout était compris dans ces deux mots : « *prenez garde*. » Smith, après avoir passé un mois avec ses amis, se disposa à partir pour Saint-Donats, et le major, à retourner à Londres. Dick devait le conduire jusqu'à Bristol avec les chevaux du major, et de là, il devait prendre la nouvelle route. Je ne parlerai pas du chagrin et des pleurs qu'occasionnèrent les adieux.

En entrant à Bristol, une chaise

de poste passa devant eux. Malgré sa rapidité , Smith eut encore le temps de recevoir un coup-d'œil de la beauté qu'il avait délivrée , et de son père. L'autre gentilhomme , qui avait accompagné le père , suivait à cheval , avec deux domestiques. Smith avait salué quand la voiture avait passé , et sa civilité lui avait été rendue assez indifféremment par le père , mais , à ce qu'il crut , moins froidement par la dame. Celui qui suivait n'avait fait aucune attention à lui , mais on voyait clairement dans ses yeux qu'il ne l'avait pas oublié. Il prenait un trop vif intérêt à la dame , pour ne pas rester quelques jours à Bristol , et même pousser jusqu'à Bath , dans l'espoir de la revoir de façon ou d'autre. Il alla ce même soir à la comédie , et ne fut pas

N 2

long-temps sans y appercevoir l'aimable objet de ses pensées. Le grossier étranger était seul auprès d'elle. Smith avait pris, à tout événement, le parti de l'aborder, quand il vit entrer dans la même loge un gentilhomme avec qui le lord Edouard lui avait fait faire connaissance à Londres. Sir Harry-Valence était un baronnet de fort peu plus âgé que lui; il salua la compagnie, et entra en conversation en homme de connaissance. Smith chercha à s'en faire remarquer, et il y parvint aisément. Aussitôt il sortit de la loge, et trouvant Smith dans le corridor, il lui témoigna combien il était charmé de le voir. Smith lui rendit tous ses complimens, et lui demanda qui étaient le gentilhomme et la dame avec qui il l'avait vu. Je

connais fort peu la dame , répondit-il , et j'espère que vous n'avez
aucun dessein sur elle ; en tout
cas je vous préviens que vous per-
driez vos peines. Son père a décidé
de la marier à ce jeune homme ,
de si belle espérance , auprès de
qui elle est maintenant.

— Qui est-il ?

— C'est son cousin , un baronnet comme moi. Croiriez-vous ,
Smith , que ce faquin a vingt
milles livres sterlings de rente , et
beaucoup d'argent comptant qu'il
a épargné pendant sa minorité ?
Il est avare et jaloux ; il n'y a personne qui ne se fît un plaisir de
lui dire qu'il est un sot , s'il n'était
pas connu pour le plus lâche du
Royaume. Il est le plus grand
fat qu'on ait vu sur la terre ; et
avec une affectation de tout savoir,

N 3

il est aussi loin de tout qu'un homme qui ne sait absolument rien.

— M. Harry, en voilà assez sur ce malheureux. Mais dites-moi un peu ce qu'est sa cousine ?

— Pour elle, Smith, je ne sais comment en faire un éloge assez complet, ainsi je ne le tenterai pas, de peur de lui faire tort. Mais, pour compter, il faut les prendre ensemble, je vous assure qu'il y a en elle assez de perfections pour faire passer l'autre ; ainsi, venez, je vais vous présenter à tous les deux. Aussi-tôt il prit notre héros par le bras, et le conduisit à la loge. Miss Modeley, lui dit-il, permettez-moi de vous présenter M. Smith. M. Alexandre-Siméon Swain, M. Smith est un de mes amis, et bien digne d'être des vôtres. Sir Alexandre se leva, et salua. On put lire dans les beaux yeux de mis Modeley que cette introduction ne lui avait pas déplu. Enfin notre héros eut le plaisir de converser avec son adorable maîtresse ; mais chaque mot qu'il proférait était si épié par son rival, qu'il se trouva très - gêné pour lui faire sa cour. Il ne pouvait pas rester long-temps à Bristol, mais il se détermina, à quelque prix que ce fût, à ouvrir son cœur à la belle qui l'avait charmé. La crainte de la perdre avait fait taire en lui tout autre sentiment, toute autre pensée. L'impétuosité de son caractère ne lui permit pas de raisonner avec lui-même ; il se leva après ce premier acte, et prenant Harry par le bras, il l'engagea à sortir de la loge.

Aussi-tôt qu'ils furent dans le

corridor : si vous pouviez , lui dit-il , me procurer quelques minutes de conversation particulière avec cette charmante demoiselle , je vous en aurais une obligation éternelle.

— Je m'en ferais un plaisir , lui répondit l'autre , car je ne suis pas très - bien avec sir Alexandre. Je vous dirai mon secret dans un autre temps ; mais j'attends à chaque minute M. Modeley. Puis , en se frappant le front : il est malheureux que je n'aie pas ici un homme à moi , ou à ma disposition ! — Je viens de voir dans le parterre , reprit Smith avec vivacité , un homme sur qui je puis absolument compter ; il est venu avec moi de chez le major , et il n'y a rien qu'il n'entreprenne pour mon service. Je vais le faire venir ; que voulez-vous qu'il fasse ? Sir Harry lui expliqua aussi-tôt son idée. C'était d'occuper d'une fausse querelle M. Modeley, qui se piquait d'une force supérieure, et à qui rien ne plaisait tant que les combats à coups de poings; puis de faire sortir sir Alexandre, sous prétexte d'aider à tirer M. Modeley de la foule, tandis que Smith resterait pour la sûreté de la belle. Dick fut bientôt trouvé, et quand il fut instruit de son rôle : cela vient bien à propos, dit-il, je mourais d'envie de me battre avec un diable d'homme qui ne veut pas s'asseoir dans le parterre; mais mon maître m'avait recommandé de m'observer, et de ne chercher querelle à personne. En ce moment le père de la belle demoiselle entra dans le corridor. Sir Harry appela Dick, et promit d'arrêter M. Modeley en lui parlant,

jusqu'à ce qu'il revînt avec son antagoniste. Smith fut bientôt de retour à la loge de la belle , qui ne
se doutait pas du nouvel orage que
ses charmes excitaient.

Quand Dick vit sir Harry à la
porte , il cria , assez haut pour être
entendu de M. Modeley : oui, je me
battrais à l'instant avec vous si je
pouvais trouver un second. M. Modeley , se retournant précipitamment : se battre, dit-il ! Qui? avec
qui ? Ah ! je vous trouverai bien
votre affaire , j'y vais; oui, je vas
vous trouver un second. Alors jettant les yeux sur l'autre homme :eh
bien, dit-il, Brute, voilà donc encore un de tes tours ? L'homme qui
avait offensé Dick était un fameux
boxeur (*). M. Modeley , qui était

(*) *Boxer*, homme qui fait métier à
Londres de se battre à coups de poings.

un protecteur déclaré de ces sortes
de gens, aussi bien qu'un amateur
de leurs précieux talens, n'ignorait
pas qui était celui-ci. Il était connu
sous le nom de Brute, parfaitement
convenable à un homme querelleur, et qui n'entendait jamais raison. Un de mes tours ? répliqua-t-
il à la remarque de M. Modeley ;
parbleu pas plus des miens que des
vôtres. M. Modeley suivit les cham-
pions. Il n'était pas encore huit heures, et c'était en été ; il faisait grand
jour. Sir Harry courut aussi-tôt à
la loge, et dit à l'oreille du baronnet qu'il fallait absolument qu'il
vînt avec lui sur-le-champ : M.
Modeley, dit-il, est dans une foule
horrible, où il s'est engagé pour
voir des gens qui se battent, et
jamais je ne pourrai, seul, le tirer
de là. Sir Alexandre hésita d'abord ;

mais l'autre insistant sur l'absolue
nécessité, il fallut partir malgré lui.
Notre héros resta donc seul avec la
belle souveraine de son cœur. Il
ne perdit pas ces précieux momens
en complimens inutiles ; mais il
commença courageusement l'atta-
que. Il parla de la force et de la
constance de son attachement avec
ravissement et enthousiasme , quoiqu'avec toute la délicatesse d'un véritable amour. Il gémit du cruel
obstacle à ses espérances , dont il
venait d'être informé à l'instant
même ; et enfin il confessa que
c'était à l'adresse de sir Harry
qu'il était redevable du bonheur
de l'entretenir. Il jura que rien au
monde ne pouvait affoiblir son
amour ; que dès le premier instant
où le hasard l'avait offerte à sa vue,
il l'avait adorée ; que depuis ce

moment , toutes ses pensées lui
avaient été consacrées ; qu'il n'y
avait que la crainte de la perdre
pour jamais qui eût pu lui donner
la hardiesse de le lui déclarer , mais
que toute autre considération cédait
à cette crainte. Il lui fit connaître
avec candeur l'incertitude de sa
situation dans le monde. Il était
un orphelin , disait-il , existant par
les bontés de personnes étrangères;
mais , malgré tout , s'il avait le bonheur qu'elle lui donnât la moindre
espérance , il n'y avait point de destinée , quelque brillante qu'elle
pût être , pour laquelle il changeât
la sienne. La jeune dame , étonnée ,
écouta tout ce discours avec beaucoup de gravité ; plusieurs fois elle
le pria de ne plus songer à elle.
Elle l'assura qu'elle lui conserve-
rait une reconnaissance éternelle

du secours qu'il lui avait donné ;
mais... La voix de cette charmante
fille se refusa à prononcer un mot
démenti par son cœur, et notre
héros, rejettant bien loin tout ce
qui ne tenait qu'à la reconnaissance, attesta de nouveau la sincé-
rité et la violence de sa passion.
Sur-tout il la supplia, si son hom-
mage ne lui paraissait pas tout à
fait indigne d'elle, de ne point se
hâter de donner à un autre cette
main que son bonheur et sa
gloire, disait-il, seraient de mé-
riter. Puis il ajoutait : non, ce n'est
point la belle miss Modeley, com-
blée des faveurs de la fortune et
l'idole du monde, que j'adore ;
c'est cette aimable inconnue, dont
la voix, et les sons qu'elle sait tirer de sa harpe, ont soumis mon
cœur à l'empire irrésistible de ses

charmes ; celle dont les beaux
yeux, où se peint son ame céleste,
ont ravi mes sens. Et je sacrifierais
à l'espoir de lui plaire, ajoutait-il,
ma vie entière , et tout ce qui
m'est réservé de plaisir et de bonheur.

Telle fut en substance la déclaration amoureuse de notre héros.
La belle à qui il parlait , quoique
surprise, ne put fermer l'oreille
à ce discours, ni prendre sur elle
d'imposer silence à l'orateur , où
de l'écouter avec une froide indifférence. L'attention sérieuse de la
jeune dame témoignait que ce sujet ne lui paraissait pas désagréable ; et ce fut avec tant de douceur qu'elle le pria de l'oublier,
qu'elle établit encore plus fortement son empire dans son cœur.
Son sourire , quoique peu pro-

noncé , animait son intéressante
figure. Enfin , elle confessa avec
embarras que.... si... onpouvait...,
certainement elle n'avait pas d'a-
version...., ce ne seraient jamais
l'orgueil ni la fortune qui détermi-
neraient son choix ; que l'obéis-
sance à son père...., mais.... du-
moins elle ne donnerait pas sa
main à un autre avec une précipitation imprudente. Oh ! avec quel
trouble , quelle inquiétude et quels
transports ne recuillait-il pas chaque
son qui sortait de ses lèvres ! Mais
laissons quelques minutes cet heureux amant, ou, pour mieux dire,
ces amans ; et voyons comment Dick
joue son rôle dans sa tragi-co-
médie.

CHAPITRE

CHAPITRE XI.

Arrivés au champ de bataille, les deux combattans furent bientôt dépouillés et prêts. Un vieux coquin, habitué à ces combats, était le second de Brute, et M. Modeley en avait trouvé un de même trempe pour Dick. Quant à lui, l'art du pugilat ne lui était pas tout-à-fait étranger. Cependant le premier coup, après quelques pauses, pensa lui être funeste, car il fut renversé par terre avec violence. Le second coup n'eut pas plus de succès pour lui, mais il fut plus long-temps contesté. Son adversaire était très-versé dans cet art ; il en connaissait toutes les finesses. En l'aidant à se relever de terre, il dit

Tome I. O

froidement , mais assez haut pour
que Dick l'entendît : il est fort ,
mais il ne sait rien , et vous voyez
comme je le mène. Dick rougit
d'indignation : il avait jusques-là
tâché de modérer la violence de
son caractère , afin de combattre
plus de sang-froid. Il y revint avec
la promptitude d'un arc qui rompt
sa corde. Plus de raison , aucune
idée de crainte ou de ménagemens.
Être battu , était assez pour exciter sa fureur ; mais être méprisé et
vaincu , était pour lui quelque
chose de plus affreux que la mort.
Aussi, la troisième fois qu'il revint
à la charge , on vit dans ses yeux
que son courage n'était pas abattu.
Il se présenta d'un air fier , avec
un sourire amer où la fureur
semblait triompher. Le boxeur parut oublier ses succès pour un mo-

ment. Dick suspendit aussi , et se contentait de l'observer fixement ; puis , avec une fureur qui ne peut se décrire, il se jetta sur lui à corps perdu. Curtius ne se précipita pas dans le gouffre avec un courage plus déterminé ; aussi le choc fut terrible. De sa tête il frappa la figure de son adversaire. En vain s'efforça-t-il de parer le coup. Les deux combattans tombèrent ensemble avec une horrible violence , et presque sans connaissance. On saisit ce moment pour les séparer.

M. Modeley , qui se regardait en quelque façon comme responsable pour Dick , le fit porter à l'auberge la plus proche, recommanda qu'on en prît tout le soin possible, et se chargea des frais. Sir Harry , qui savait bien que tout le mal venait de lui dans l'origine , parla au

chirurgien , et lui recommanda de
rester avec lui jusqu'à ce qu'il
revînt. L'autre , qui était de Bristol , fut porté directement chez lui,
par ceux de son parti. Qui peut
être cet enragé , dit M. Modeley ,
en retournant tout doucement au
théâtre ? je n'ai aucune idée de
lui ; il faut que ce soit le diable
lui-même. Je crois, dit Harry , en
feignant de chercher , me rappeler
sa figure. C'est le domestique de
quelqu'un que nous avons laissé
avec miss Modeley quand nous
sommes venus vous chercher ; il
s'appele Smith. — C'est la même
personne , je crois, dit sir Alexandre en s'adressant à M. Modeley,
que nous avons trouvé sur la route
de Durham , quand Mlle Eliza a
été enlevée. Bon ! dit M. Modeley ;
sir Alexandre , vous n'auriez pas

dû laisser ma fille avec un étranger. Sir Alexandre s'excusa sur ce qu'il était venu à son secours. M. Modeley, sans répliquer, se hâta d'aller retrouver sa fille. Sir Harry-Valence commença alors à sentir la force de cette première connaissance de son ami. Il avait entendu raconter imparfaitement l'histoire de l'enlèvement de miss Modeley; il savait qu'elle avait été délivrée par un jeune garçon, mais il n'avait jamais imaginé que ce fût Smith.

Notre héros, quand il était venu à la ville, avait fait quelques changemens dans son habillement; surtout, ses cheveux attachés et poudrés, lui donnaient un air un peu plus mâle. Quand M. Modeley fut entré, et que sir Harry l'eut particulièrement désigné à Smith,

notre héros commença à être inquiet sur Dick , et il sortit aussi-
tôt de la salle avec sir Harry. Ils
allèrent ensemble à l'auberge où
Dick avait été porté. Ils trouvèrent
que la saignée qui venait d'être
faite , avait produit un si heureux
effet qu'il n'y paraissait presque
plus. Seulement il se sentait un peu
affaibli ; et comme il était là parfaitement soigné , ils le laissèrent
y passer la nuit. Smith se retira
avec sir Harry à l'auberge où il
avait dîné. Il se trouva que c'était
celle de sir Harry. Ils soupèrent
ensemble , et notre héros lui raconta la manière dont il avait connu
miss Modeley. Il s'expliqua avec
toute la modestie qu'un homme
peut mettre dans son propre éloge;
et il exprima , avec toute l'ardeur
de la jeunesse , l'amour dont il

brûlait. Sir Harry, en lui répon-
dant avec la même candeur, lui
dit que c'était la certitude qu'il n'y
avait point d'espoir, qui l'avait
empêché de se mettre sur les rangs.
Une fortune immense, lui dit-il,
tient à ce mariage avec sir Alexandre : je me suis donc rangé à l'écart,
et je vous conseille d'en faire autant. « Croyez-moi ; prenez ma
» devise : la variété. » Sir Harry, à
cette période de sa vie, était ce
qu'on peut appeler un véritable
homme du monde ; et peut-être
approchait-il beaucoup plus du caractère d'un homme de bon ton,
tel que Chesterfield l'a tracé, que
beaucoup de libertins par systême,
qui se sont donnés pour tels. Bientôt
la conversation retomba sur miss
Modeley et sur sir Alexandre
Siméon Swain. Ce fut alors que

le baronnet informa Smith d'une
circonstance où il avait eu une
discussion avec sir Alexandre , et
où celui-ci avait montré toute la
bassesse de son caractère.

Sir Harry était aussi du collège
d'Oxfort ; il dit à Smith qu'il comptait y être au temps où il devait
y demeurer. Cette circonstance lui
fit un grand plaisir. Il en fut plus
empressé à cultiver sa connaissance,
et les deux jeunes gens se séparèrent
assez tard , avec de mutuelles as-
surances de civilité et d'amitié. Le
critique Horace , dans son art poë-
tique , prescrit , si l'on veut être
conséquent , de soutenir , dans
toute l'étendue d'un conte , les
caractères que l'on a annoncés
au commencement. Le héros de
cette histoire n'a jamais été présenté comme hardi et entreprenant,
ni

ni comme manquant de cette modeste pudeur , si aimable et si intéressante dans un jeune homme honnête
et bien né. Il n'a jamais été repré-
senté comme un fat , un suffisant ,
un petit-maître ; mais il faut convenir que sa conduite au théâtre ,
telle que nous l'avons racontée au
précédent chapitre , est bien faite
pour le faire envisager sous ce nouveau jour. La promptitude avec
laquelle il conçut l'idée d'une in-
vention pour parler à celle qu'il
adorait , l'étourderie avec laquelle
il adopta la première qui lui fut
présentée , enfin , la manière brusque et impétueuse dont il déclara
sa passion à la belle qui en était
l'objet , tout cela marque en lui
plus de confiance présomptueuse
que de timidité. Nous devons à la
vérité d'indiquer une cause particulière de sa hardiesse.

Tome I. P

Smith avait dîné à l'auberge du *Buisson*, très-connue dans la ville, et dont l'hôte, brave et respectable, n'a pas besoin d'être loué par un misérable auteur. Ce jour était en tout mémorable. Un de ses compagnons de collège, M. Wiffle, après que la dépense eut été payée, avait prié les personnes de la compagnie d'accepter quelques bouteilles de Champagne. Smith, comme étant du nombre, en avait pris sa part, et quoiqu'il n'en eût bu que quelques verres, l'effet puissant de cette liqueur enivrante, avec ce qu'il avait bu déjà, avait suffi pour lui ôter tout le sang-froid d'une délibération. La belle demoiselle avait été un peu surprise de la hardiesse extraordinaire du jeune homme; mais, comme elle était accompagnée d'une extrême délicatesse, et que ni le sujet, ni le discours en lui-même ne déplaisaient, on avait bientôt oublié tout le brusque de l'exorde. Quand Smith se leva le matin, et qu'il se rappela les circonstances de la veille, il fut très-mécontent du rôle qu'il avait joué. Il craignait qu'une déclaration si brusque et si hors de propos, ne fût un préjugé contre lui auprès de la demoiselle. Sur-tout il condamnait sa conduite, et se la reprochait relativement à Dick, pour qui il était très-inquiet, et qu'il alla voir aussitôt.

Si l'ivresse exalte trop les esprits, aussi l'excès de sobriété les abat. L'homme qui boit pour élever son courage est comme celui qui monte à un clocher pour fuir: l'un et l'autre atteint son but, mais ensuite tous ses efforts, au lieu de

P 2

l'élever, ne peuvent que le rame-
ner à son premier niveau. Notre
héros trouva Dick au lit ; on ne
l'y avait retenu qu'en lui disant
que son maître avait ordonné qu'il
y restât jusqu'à son arrivée : c'était
en effet l'ordre qu'avait laissé M.
Smith le soir. En arrivant il s'informa avec empressement de l'état
où il se trouvait ; il apprit qu'il
était tout-à-fait rétabli, et qu'il
avait parfaitement bien dormi toute
la nuit. Le chirurgien confirma ces
nouvelles, mais, comme il avait
été saigné, il jugea qu'il était à
propos qu'il restât un jour avant
que de repartir pour le Wiltshire.
Cela fut convenu, et Smith lui-
même prit leparti de passer ce jour
à Bristol, et de ne repartir que le
suivant pour le pays de Galles. Il
souhaitait, puisque la glace était

rompue , d'avoir une autre entrevue avec mademoiselle Modeley ;
il voulait s'excuser , obtenir son
pardon , et offenser encore de la
même manière : ce sont toutes choses très-agréables , et qui se suivent
naturellement en amour.

Quand Smith revint à l'auberge ,
il trouva sir Harry au café ; ils
déjeûnèrent ensemble, et le baronnet lui offrit de lui-même de le mener chez M. Modeley. — Vous êtes
peut-être étonné, Smith, lui dit-il,
de mes liaisons avec cette famille ,
mais vous saurez que ce sont mes
cousins , et je serais charmé que
vous en augmentassiez le nombre.
Venez , mon ami. Comme M. Modeley ni sir Alexandre ne firent
beaucoup d'instances à Smith pour
le retenir , sa visite ne fut pas longue. Notre héros saisit une occa-

sion qui se présenta pendant quelques minutes, d'excuser sa conduite de la veille, mais il déclara
en même-temps que rien au monde
n'aurait le pouvoir de changer son
cœur. Cette protestation ne parut
pas déplaire à la belle dame, et il
sortit avec le flatteur espoir que la
fortune, quelque jour, lui serait
favorable. Le lendemain matin il
dit adieu à sir Harry, et partit pour
la province de Glamorgan. Dick
aussi se prépara à retourner dans le
Wiltshire, emportant avec lui des
marques de la libéralité de son
jeune maître, plus durables que
celles qu'il avait reçues de l'impétuosité de son caractère.

Le soir même Smith arriva au
château de Saint-Donats, et fut
reçu de M. Freeman avec toutes
les marques de la plus vive affec-

tion. Ce fut alors que notre jeune
homme lui avoua toute la puissance que les charmes de miss Modeley avaient sur lui ; il lui con-
fia sans réserve tout ce qui s'était
passé à Bristol. M. Freeman lui
recommanda de ne mettre ni impétuosité ni précipitation dans cette
affaire , et voyant la forte impres-
sion que cette beauté avait faite sur
son cœur , il laissa au temps à lui
montrer le peu de probabilité qu'il
y avait à ce que jamais ses espérances fussent réalisées.

M. Freeman avait une profonde
connaissance du cœur humain. Il
savait que les petits obstacles ne
font que redoubler l'ardeur pour la
poursuite d'un objet, et il prévoyait
que bien des événemens s'oppose-
raient à une alliance dont l'époque
ne pouvait qu'être éloignée , entre

P 4

un jeune homme sans fortune , qui
ne faisait qu'entrer à l'université ,
et une belle et riche héritière âgée
de seize ans. La jeunesse est bien
la saison de l'amour , mais ce n'est
pas celle de l'attente : différer est
pour les jeunes gens bien près de
renoncer , et pour eux l'avenir est
le moment qui touche au présent.

CHAPITRE XII.

Sı Smith eût été maître de disposer de lui-même, rien n'aurait pu l'arracher de Bristol ; mais enfin, forcé de céder à sa destinée, il se rendit, au temps marqué, à Oxfort. Là, tout était nouveau pour lui. Il n'avait personne pour régler sa conduite ; mais heureusement il avait toutes les connaissances que l'expérience et les lumières d'autrui peuvent donner. Le lord Édouard y vint dans le même temps. Smith obtint la bourse qu'il demandait, et fut introduit par son ami chez toutes ses connaissances, de sorte que toutes furent communes entre eux ; et je n'ai pas besoin de dire qu'elles étaient de leur sorte. Notre héros n'avait pas à cet égard à

craindre l'extravagance des habitudes ordinaires. On ne doit jamais
oublier que la meilleure compagnie
est rarement la plus dispendieuse;
la seule ruineuse, c'est la compagnie d'une certaine classe qui
voudrait s'arroger la supériorité;
ces hommes sémillans, qui, hors
d'état de fixer la considération par
leur mérite personnel, s'efforcent
de briller par l'éclat plus facile
d'une grande dépense, d'un grand
appareil, d'un grand bruit, et enfin
de tout ce qui peut les mettre en évi-
dence. Il n'y avait que trop de cette
ambition dans notre héros, quoiqu'il eût assez de talens et de vertus pour se faire connaître autrement que par des folies. Parmi les
connaissances de Smith était un certain M. Wiffle, compagnon d'étude
du lord Édouard : cet homme était

tout-à-fait singulier, par l'usage où il était de faire continuellement des pointes et des calembourgs; il en avait contracté une telle habitude, qu'il lui arrivait rarement de parler autrement. Un autre de ses compagnons était M. Symms; il avait des propriétés considérables dans le Devonshire. Son père était un homme de loi du premier mérite, mais le fils tenait sa fortune d'un parrein, et avait pris le nom de Symms d'après une disposition du testament. Il avait été élevé hors de la dépendance de son père, et avait joui d'une pleine liberté de très-bonne heure; c'est pourquoi il avait négligé les études qui conviennent à un homme comme il faut, et l'esprit naturel qu'il avait n'ayant été dirigé vers rien de bon, il avait dégénéré en un talent particulier pour la bouffonnerie. Vous l'eussiez vu dans un cercle quatre heures de suite sans ouvrir la bouche ; mais aussi-tôt que la compagnie s'était retirée , pour peu qu'il fût prié par ses connaissances intimes , il imitait toutes les manières particulières de chacun. Il était encore fameux par son agilité , et c'était un des meilleurs écuyers ; enfin il semblait que la nature l'eût destiné à être un bouffon de profession ; mais le hasard , qui se plaît à traverser les intentions de cette déesse , lui avait donné six mille livres sterlings de rente , et un titre pour entrer au parlement. Le reste des connaissances de Smith était d'une espèce trop ordinaire pour que nous en fassions ici une mention particulière.

Il n'y avait pas huit jours qu'il

était à Oxfort, lorsqu'il reçut une lettre d'une main inconnue, et d'une écriture évidemment déguisée; elle renfermait un billet de banque de cent livres sterling, et ces mots : « Monsieur, la personne
» qui vous envoie ce billet connaît
» parfaitement l'état actuel et passé
» de votre fortune; elle pense que
» cette somme, qui ne la gêne en
» rien, peut vous être agréable au
» moment où vous entrez à l'uni-
» versité. Il est inutile de chercher
» de quelle part elle vous vient ;
» toute tentative à cet égard lui
» déplairait ».

C'était en vain que le jeune homme cherchait dans sa tête qui pouvait en être l'auteur. Il repassait toute la série de ses amis et de ses connaissances, aucune conjecture n'était appuyée. A noël,

quand il retourna à Saint-Donats,
il informa M. Freeman de ce don;
il ne fut pas plus habile que lui
à deviner.

Smith ne quitta le collège qu'aux
vacances. Son ami, le lord
Édouard, l'accompagna au pays
de Galles, d'où il passa, avec son
père en Irlande, où le duc avait des
terres considérables qu'il n'avait
point visitées depuis plusieurs années.

Quand Smith arriva à St-Donats,
il trouva la partie du château qu'on
louait l'été, occupée par des personnes de Londres; un honnête
marchand et sa femme, qui s'é-
taient retirés du commerce, et une
demoiselle de quarante ans, à qui
un parent éloigné, dont elle avait
été garde malade, sous le nom de
femme de charge, avait laissé une

petite fortune. Ils étaient arrivés
peu de jours avant Smith , et ils
étaient charmés de ce site. La vue
de la mer , qu'ils ne connaissaient
pas , le château , bâti sur un vaste
rocher d'un aspect imposant , leur
avaient inspiré , à la première vue,
un certain respect qu'ils prirent
pour le plus haut dégré du plaisir.
M. Maiber avait eu dans sa jeunesse la fatuité d'un petit maître ;
et ses cheveux gris, en devenant
aussi blancs que la neige (quoiqu'il n'eût que cinquante-cinq ans)
ne l'avaient pas assez averti qu'il
était temps de renoncer à ses affec-
tations de frivolité. Son épouse, à-
peu-près de même âge, se donnait
dix ans de moins ; elle avait lu
toute sa vie des romans, et elle
avait conçu de grandes idées d'un
voyage aussi romanesque et d'aussi

bon ton que celui de cet été. Miss
Streit, la demoiselle dont nous
avons parlé, depuis l'âge de vingt
ans était restée auprès d'un cousin qui venait de mourir âgé de
quatre-vingt ans; et elle était venue
avec eux, parce qu'on lui avait dit
qu'elle y trouverait (ce qu'elle
cherchait par-tout depuis la mort
de son parent) le plaisir; vaine
ombre, à qui elle sacrifiait la paix
et le bonheur dont elle avait
joui jusque là.

CHAPITRE

CHAPITRE XIII.

TELS étaient les nouveaux habitans du château de Saint-Donats, aussi peu faits pour la solitude qu'un délicat petit-maître pour achever les travaux d'Hercule, et dont le petit esprit, loin d'être capable de trouver des charmes et de l'utilité dans la retraite, n'avait pu qu'à peïne les recueillir des nombreuses scènes du théâtre de la vie publique.

Les premières semaines de leur résidence au château se passèrent assez agréablement. La nouveauté avait encore tous ses attraits, et tous les habitans du pays semblaient les considérer comme des êtres d'un ordre supérieur, de sorte que leur orgueil satisfait contri-

Tome I.   Q

buait à leur faire trouver leur situation agréable. Mais dès la seconde
semaine tout devint plus familier,
et l'indifférence naquit tout naturellement de la satiété. M. Maiber
était un homme très-questionneur,
et se mêlant de tout ; toujours disposé à répandre sur les autres les
connaissances qu'il venait d'acquérir. Il entendit bientôt parler du
spectre , et il se hâta de communi-
quer à sa femme et à miss Streit,
les particularités qu'il en avait re-
cueillies. La première apprit avec
un certain plaisir une circonstance
qui s'accordait parfaitement avec
ses idées romanesques ; mais la
pauvre miss , qui n'avait jamais lu
ni contes ni romans , sentit une
froide horreur glacer son sang à
ce récit. M. Maiber lui-même n'é-
tait pas sans un effroi qu'il dis-

simulait en affectant de rire, il parlait même d'interroger ce redoutable esprit. Ces personnes n'avaient témoigné aucune inclination pour cultiver la connaissance de M. Freeman, qui était venu leur faire une visite de civilité dans les premiers jours de leur arrivée ; ils le considéraient comme un pauvre vicaire gallois, peu digne de leur attention. L'histoire du revenant, cependant, leur fit rechercher sa connaissance ; ils espérèrent qu'il pourrait leur en donner les particularités. La femme-de-chambre de miss Streit, et un garçon qui servait M. Maiber, en avaient appris des choses tout-à-fait étonnantes et terribles. M. Maiber mit donc beaucoup d'empressement à faire connaissance avec le vicaire ; et avec beaucoup d'importance, il

alla le voir et l'invita à dîner. Il
prit justement le temps où M. Freeman lisait avec Smith un auteur
grec, je ne saurais précisément dire
s'il était antérieur ou postérieur à
Eschyle, mais la chose est indiffé-
rente. Ce fut notre jeune homme,
arrivé de la veille, qui ouvrit la
porte. M. Maiber, étonné de l'élé-
gance de son air et de son habillement, perdit toute son importance,
et crut s'être trompé. Quand il eut
bien vu qu'il n'y avait pas de mé-
prise, et que Smith lui eut montré
M. Freeman dans un cabinet bien
meublé, il eut à soutenir ses regards pénétrans. M. Freeman le
pria de s'asseoir, et sut à la première vue à quoi s'en tenir sur son
compte. Il s'expliqua avec toute
l'humilité possible ; commença par
s'excuser de ne lui avoir pas rendu

sa visite, et finit par les inviter tous
deux à dîner. Il était une heure
passée ; M. Freeman le refusa froidement , sans prendre la peine
d'en donner aucune raison , et
comme il ne relevait pas la conversation , M. Maiber, totalement dé-
couragé , se retira. Le mauvais succès de sa négociation , et la description de la personne de M. Freeman et de son ami, étonnèrent
beaucoup la haute et puissante
dame. Ils se mirent à table avec
peu d'appétit , et en rejettant le
blâme l'un sur l'autre. La soirée
était humide , il faisait un vent
assez froid. Les dames se retirant
ensemble à l'étage au-dessus , M.
Maiber , resté seul au dessert , se
livra à ses pensées. La solitude lui
parut doublement insupportable. Il
envoya son domestique chercher le

fermier pour boire avec lui un verre de vin. Le fermier vint, et après qu'ils eurent bu quelques verres, et que M. Maiber eut entendu quelques particularités qu'il voulut lui raconter de Mrs Freeman et Smith, la conversation tourna sur le revenant. M. Maiber avait payé en avance le prix de son logement pour l'été ; ainsi le fermier ne craignait pas de perdre son locataire, et ne peignit pas les objets en petit, mais tout à l'avantage du revenant. Il lui raconta toute l'histoire, avec ses épouvantables détails. Les dames étaient descendues assez tôt pour tout entendre, et quand le fermier eut achevé, il était difficile de dire qui d'eux trois était le plus épouvanté. Mistress Maiber dissimulait très - bien sa peur. M. Maiber, avec une espèce de grimace mélancolique qu'il donnait pour un sourire , voulait plaisanter. Mais la pauvre miss Streit eut recours à sa ressource ordinaire quand elle éprouvait quelques contrariétés , elle pleura. A ce triste jour succéda une nuit sans dormir , et dans toutes les angoisses de la peur. Le lendemain il se tint un conseil , et , si le prix du logement n'eût pas été payé d'avance , le château de Saint-Donats aurait perdu ses hôtes dès cet instant ; mais , quoique ce ne fût pour eux qu'une bagatelle , ils ne purent, au prix même de leur repos , soutenir l'idée d'avoir payé pour rien. Une autre semaine s'écoula d'une manière aussi désespérante ; mais , enfin M. Freeman commença à compâtir à la disgrace de leur abandon , jusqu'à accepter les

offres réitérées de M. Maiber , de
lui faire connaître ces dames , et
faire avec elles quelques tours de
promenade. Dans cette dernière
occupation ce fut Smith qui fut
le plus assidu , car il se sentait entraîné par l'originalité des trois
caractères. Les dames eurent les
plus grands égards pour notre héros , et traitèrent M. Freeman avec
une orgueilleuse civilité. Elles
avaient tenté plusieurs fois de le
faire parler sur l'esprit , mais M.
Freeman leur avait répondu sur
cela d'une manière peu satisfai-
sante : pour Smith, il s'était prêté
plus volontiers à leurs désirs. Un
mois s'écoula , et on commençait
à ne plus tant appréhender l'esprit.
Le temps avait calmé les craintes
de M. Maiber , et avait ajouté
beaucoup à la curiosité. Il avait
toujours

toujours été un faux brave. Il commença à s'imaginer qu'il n'y avait rien du tout. Il parla à notre héros sur le ton le plus ferme, et lui témoigna un grand désir de voir cette formidable apparition. Smith consentit, si M. Freeman voulait le permettre, à aller avec lui, au clair de la lune, du côté de la tour par où l'esprit apparaissait. Smith avait vu souvent par sa fenêtre son apparition, mais la distance était trop grande pour qu'on pût rien distinguer, et M. Freeman l'avait toujours prié de ne pas approcher davantage. Mais il consentit à ce qu'il accompagnât M. Maiber, pourvu qu'ils ne sortissent pas du jardin. Les deux nuits suivantes, ils épièrent dans le jardin, depuis onze heures jusqu'à une heure, et rien ne parut. La troisième nuit,

Tome I. R

la lune brillait de toute sa clarté.
Ils avaient attendu déjà une heure.
La vieille horloge de la tour son-
nait minuit, et Smith montrait l'endroit avec sa main. Tout était
tranquille, la mer parfaitement
calme : un certain mouvement
dans les feuilles attira leur attention. Aussi-tôt une figure, exacte-
ment comme nous l'avons décrite,
s'avança lentement dans le sentier,
près le puits. Sa tête était enve-
loppée d'un filet sanglant. Elle
était évidemment d'une stature co-
lossale. Elle marchait d'un pas ma-
jestueux. M. Maiber, dont le courage était si exalté le moment
d'auparavant, et dont l'assurance
s'était soutenue depuis le château
jusqu'à cet endroit qu'on appelait
le jardin, avait frémi quand il
avait entendu le bruit des eaux.

Mais lorsque le spectre apparut, il ne put dissimuler sa peur. Il tomba d'effroi sur ses genoux ; ses dents claquaient. Dans son tremblement, il s'efforça de prononcer une prière. Smith n'était pas sans effroi; il vit le spectre avec surprise, et sentit une secrète horreur lorsqu'il passa lentement, et se perdit ensuite dans les buissons vis-à-vis. Quoiqu'il eût été très-parfaitement visible à la clarté de la lune, qui était dans son plein, il était trop éloigné pour que Smith pût lui adresser la parole. Mais la singularité de ces circonstances lui inspira un violent désir de lui parler un autre jour ; et, s'il était possible, de savoir plus positivement ce que c'était que cette promenade. Pour le présent, M. Maiber, qui était dans un état digne de pitié,

R 2

attira toute son attention. Il prétendait avoir entendu un gémis-
sement qui avait comblé son épou-
vante , et qui l'avait mis hors
d'état d'achever sa prière , et l'avait
fait tomber par terre sans mouvement. Notre héros eut de la peine
à le relever, et à le transporter
jusques chez M. Freeman. Un
verre d'eau - de - vie commença à
lui rendre ses esprits , et un second le remit tout-à-fait. Smith ne
le quitta qu'après l'avoir vu en
sûreté auprès des dames ; puis il
revint chez M. Freeman , qu'il informa de toutes les circonstances.
Le lendemain matin ils allèrent
faire une visite à M. Maiber. Ils le
trouvèrent plus mal qu'il n'avait
encore été. Tous les symptômes
d'une mort prochaine étaient sur sa
figure. Mistress Maiber poussait

des cris perçans , et mistress Streit rugissait absolument. Pendant quelque temps M. Freeman ne put se faire entendre. Enfin il put parler , et il assura M. Maiber que l'apparition du spectre n'avait rien qui présageât la mort ; que lui-même l'avait vu bien des fois ; et que plusieurs autres en pouvaient dire autant.

Enfin , M. Maiber se laissa consoler. Ses idées de mort et de préparation l'abandonnèrent ; et au lieu du notaire , qui fut contremandé , il demanda une chaise de poste , tous étant bien déterminés à quitter le château. Miss Streit voulait être indemnisée pour son tiers, que l'esprit lui faisait perdre. M. Maiber , en compensation , convint de la loger , *gratis*, le même temps , à la jolie ville de

Swansea. M. Maiber ne partit pas
sans avoir accablé de ses remer-
cmens M M. Freeman et Smith. Il
les invita avec instance , quand ils
iraient à Londres , à venir les voir
à Islington , et pressa vivement
Smith de l'accompagner à cheval
jusqu'à Swansea.

Ainsi, la connaissance qui s'était
faite sous de si malheureux auspi-
ces , eut cette heureuse issue , graces au revenant ; et Smith promit
que dans quinze jours il ne man-
querait pas de leur faire une visite.
Les dames en marquèrent beaucoup de joie. Elles s'étaient toujours comportées très-cérémonieu-
sement avec M. Freeman , mais
Smith leur était beaucoup plus
agréable. Leur respect pour le
premier ressemblait beaucoup à
celui des nations sauvages , pour

leurs dieux ; et leurs sentimens pour l'autre, tenaient plutôt du culte que les catholiques romains rendent au saint à qui ils ont dévotion.

———————

CHAPITRE XIV.

Conformément à sa promesse, Smith alla à Swansea, voir M. Maiber, et s'informer s'il était parfaitement remis des violens effets de son effroi. Il le trouva plus que jamais prêt à épier son revenant; se moquant des spectres, et les défiant de loin. Les excellentes eaux de Swansea, et les salutaires effets de la mer avaient dissipé toutes les traces de sa frayeur, et lui avaient rendu les facultés naturelles de son corps et de son esprit, dans toute leur puissance. Il était gai et dispos, et il reçut notre héros à bras ouverts. Le lendemain de son arrivée, comme il faisait un tour de promenade le matin sur le rivage de

la mer , il apperçut... il vit...
c'était en effet l'adorable miss Modeley , avec une dame plus âgée ,
et une femme-de-chambre. Comme
une autre Vénus , elle sortait du
sein des ondes ; et aux yeux charmés de son amant , elle paraissait
plus belle que jamais , s'il était
possible. Smith l'aborda avec joie
et inquiétude. Il fut présenté à
mistress Heriot, sa tante, veuve ,
d'une fortune assez considérable.
Sa santé avait exigé les eaux , et sa
nièce l'avait accompagnée à Swansea , dans l'espérance aussi que
l'air de la mer pourrait contribuer
à son rétablissement. Mistress Heriot se sentait déjà soulagée ; et
comme elle avait résolu de rester
encore quelque temps , on attendait
M. Modeley sous peu de jours.
Mistress Heriot avait un excellent

cœur, et beaucoup d'esprit. Elle
avait toujours désapprouvé le mariage projetté avec sir Alexandre
Siméon Swain ; et M. Modeley,
qui aimait beaucoup sa sœur, et
qui avait une grande déférence
pour ses opinions , n'aurait pas
eu tant d'empressement à conclure,
si une fortune immense n'en eût
pas dépendu. Mistress Heriot avait
déjà entendu parler de notre héros
par miss Modeley, et par M. Modeley lui-même. Elle ne fut pas trompée dans l'idée qu'elle s'en était
formée ; et il ne fut pas vu de la
belle personne moins favorable-
ment que les autres fois. L'université avait beaucoup poli son esprit,
naturellement agréable. Il avait
pris un air et des manières plus
mâles, mais un peu de cette fatuité
à laquelle il était déjà assez enclin.

Smith ne demeurait pas chez
M. Maiber, ainsi ses visites n'é-
taient point du tout circonscrites
dans sa maison. Il plut infiniment
à mistress Heriot, qui le reçut
avec beaucoup de politesse, et l'invita à dîner. Il accepta, et il eut
fréquemment de ces instans de
tête-à-tête dont les amans peuvent
seuls rendre les charmes, comme
ils peuvent seuls en connaître le
prix. Le célèbre duc de la Roche-
foucault a dit : si les amans ne
sont jamais las d'être ensemble,
c'est parce qu'ils y parlent toujours
d'eux-mêmes.

Telle était bien aussi, sans doute,
la conversation de notre jeune
couple. Leurs espérances et leurs
craintes la remplissaient. Un plan
de vie future y entrait aussi pour
beaucoup ; et l'éloge de la campa-

gne et de la vie rétirée n'y fut
pas oublié. Smith espérait, avec
toute la confiance de la jeunesse,
être pourvu dans quelques années
d'un bénéfice. Il ne cessait de con-
jurer la charmante demoiselle de
ne se pas hâter de renoncer à lui,
en donnant sa main à un rival
odieux. La jeune personne écoutait avec attention ce discours. A
la vérité, elle parlait peu, mais
elle avouait, en baissant les yeux,
qu'il ne lui était pas indifférent,
et qu'elle donnerait tout ce qui
était en son pouvoir au monde,
pour ne pas épouser le détestable
sir Alexandre.

Miss Modeley n'avait pas encore
atteint sa dix-septième année ; et
vingt-un ans était, pour la demoiselle, l'âge déterminé par le testament, pour déclarer son intention

à l'égard du mariage. A cette époque, le parti qui refuserait de rem-
plir les conditions du testament,
abandonnait la fortune à l'autre.
Un mutuel consentement pouvait
conclure le mariage plutôt ; et M.
Modeley et sir Alexandre étaient
également empressés à terminer
sur-le-champ; miss Modeley s'y
était refusée jusqu'alors. Elle avait
positivement déclaré à sir Alexandre qu'il ne lui était point agréable. Elle n'avait pas caché sa répugnance à son père, et elle lui avait
demandé au moins de différer jusqu'au temps prescrit par le testament. Tel était l'état des choses à
cette époque. Sir Alexandre faisait assidûment sa cour : il s'efforçait de gagner le cœur de la demoiselle, tandis que tous ses autres
compétiteurs (car il s'en était pré-

senté beaucoup) voyant le peu
d'espérance de l'emporter sur lui ,
s'étaient écartés respectueusement.
Smith seul était déterminé à ne
jamais renoncer à ses prétentions ,
et la seule idée de voir triompher
sir Alexandre , déchirait son cœur.
Il passa la plus délicieuse semaine
à la compagnie de sa charmante
maîtresse. Elle s'écoula bien promptement , et il se disposa à retourner à Saint-Donats. Il y avait quelques jours que le père de miss Modeley était arrivé : Smith était
toujours reçu , mais il n'avait plus
de ces charmans tête-à-tête ; et il
ne croyait pas à-propos de mar-
quer trop d'amour en présence du
père , ni de paraître si souvent à
la maison. Il prit donc congé de
miss Modeley , avec moins de regret , sachant qu'en restant , il

aurait peu d'occasions de la voir.
Le dernier jour , il dîna chez
M. Maiber, avec mistress Maiber
et miss Streit ; et fort content de
leur avoir fait cette visite , il retourna à Saint-Donats , très-dispos
de corps et d'esprit.

CHAPITRE X V.

La première année que Smith passa à l'université, donna l'espérance de tout ce que ses amis pouvaient souhaiter. Il entretint une correspondance régulière avec M. Freeman ; et pour se familiariser avec la langue latine, il l'employait pour ses lettres. Il avait réglé ses dépenses avec une économie si bien ménagée, que sans la moindre apparence d'avarice (défaut le plus dégradant pour un jeune homme), elles n'avaient point excédé son revenu. Les cent livres sterlings que l'inconnu lui avait fait tenir, lui avaient donné les moyens de meubler très-joliment son appartement ; et comme il se trouvait une somme assez considérable,

rable, il avait acheté une bibliothèque bien choisie. Il avait em-
ployé très-utilement à l'étude du
français et de l'italien, les longues
vacances qu'il avait passées à Saint-
Donats. Au commencement de sa
seconde année, il concourut pour
le prix de latin, et l'emporta. M.
Freeman vint à Oxfort, exprès
pour un exercice public qu'il y
soutint. A la fin de cette année,
il reçut encore un autre billet de
banque de cent livres sterling, envoyé comme le premier, et avec les
mêmes expressions. Cette époque
doit être regardée comme celle du
déclin de ses études. Enivré des
éloges qu'il avoit reçus, et se
croyant assez fort en littérature,
il commença à chercher la réputation de *bon vivant*. Il suivait
rarement les leçons de son pro-

Tome I.   S

fesseur. Il cessa bientôt de considérer les exercices du collège comme des compositions utiles ; il les
regarda comme une tâche dont il
ne voulait que se débarrasser. Ce
relâchement ne fut pas d'abord
total ; son bon-sens naturel , et les
excellens principes qu'il avait reçus
de M. Freeman , le ramenaient de·
temps-en-temps à l'étude. Mais
elle le fatiguait bientôt , et l'a-
mour du plaisir l'emportait évidemment dans son cœur , où il
faisait de jour en jour plus de
progrès. M. Freeman , toujours
attentif , s'en apperçut bientôt au
style de ses lettres , et il l'avertit
avec beaucoup de douceur et
d'amitié. « C'est sur votre conduite
» actuelle , mon cher ami , lui di-
» sait-il , que repose toute votre
» espérance pour l'avenir. Vous

» êtes dans une bonne route, mais
» vous n'êtes encore qu'au com-
» mencement. Quelque chose que
» vous fassiez, laissez à votre cons-
» cience à l'approuver dans ces
» momens de retraite et de silence,
» où elle n'est point influencée par
» des motifs humains. Si votre
» cœur vous condamne, certaine-
» ment vous avez mal agi ; si votre
» conduite ne supporte pas l'exa-
» men rigoureux du plus grand
» jour, elle ne peut être bonne. »
Telles étaient les remontrances de
M. Freeman. Smith, qui n'était à
aucun égard content de lui-même,
écrivit plus rarement.

Sa seconde année s'écoula sans
aucun événement qui mérite d'être
remarqué; et il commença de même
la troisième, après les vacances
de Noël. Il jugea à-propos de louer

un cheval à la semaine ; et dès-lors
il passa une grande partie du temps
hors du collège , avec Wiffle ,
Symms , le lord Édouard , sir
Harry Valence , et d'autres, beaucoup plus en état que lui de soutenir ces dépenses. Les derniers
cent livres sterlings de l'inconnu
avaient acquitté toutes ses dettes
à l'université , et il recommença
sur nouveaux frais, comme s'il en
eût eu mille à sa disposition ; enfin,
il négligeait absolument ses études.
Les plaisirs absorbaient tous ses
momens ; ou s'il faisait quelques
exercices , c'était avec si peu de
soin , que ses compositions ne faisaient qu'augmenter le discrédit où
il était. Il perdit absolument la
faveur de son professeur et des
principaux du collège. Ce fut ainsi
que de jour en jour Smith montra

son indifférence pour le travail, et négligea les devoirs qu'il croyait au-dessous de lui. Et c'est aussi de cette manière que bien des jeunes gens, après avoir donné des espérances de talens, en laissent étouffer le germe par un amour-propre désordonné. L'amour-propre, pour me servir d'une comparaison, est comme le lierre qu'on laisse autour d'un arbre; il empêche la croissance de celui à qui il doit son soutien.

A peu-près dans le même temps, notre héros éprouva une mortification d'un autre genre, beaucoup plus cruelle dans le moment, et bien plus fatale dans ses suites. Le temps, qui calme tout, ne put rien dans cette circonstance. Le trait resta profondément dans son cœur, et la blessure ne fit que s'en-

venimer. Il ne faut qu'un moment
d'étourderie pour empoisonner la
vie entière d'un jeune homme ;
comme une occasion de gloire ,
heureusement saisie , peut assurer
son bonheur. Mistress Heriot et
miss Modeley , accompagnées du
père de la jeune demoiselle , et de
sir Alexandre , vinrent à Oxfort.
Sir Harry était au collège. Ils dési-
rèrent voir l'université. Sir Harry
et notre héros les conduisirent.
M. Modeley et sir Alexandre ne
manquèrent point d'égards pour
Smith. Mistress Heriot fut charmée
de le voir : la jeune demoiselle ne
le fut pas moins ; mais les manières
affectées qu'il avait prises depuis
leur dernière entrevue au pays de
Galles , ne purent être du goût
de la première. La demoiselle ,
elle - même , s'efforça vainement

pour ne le pas appercevoir. Dans
un très-court tête-à-tête que les
amans eurent ensemble, l'aimable
fille ne put s'empêcher de remarquer les rapides progrès que la suf-
fisance avait faits dans celui pour
qui elle avait tant d'estime. Il prenait indiscrettement les airs d'un
amant favorisé, parlait trop de
lui - même, de ses chevaux, des
gens à la mode de sa connaissance.
Quand il adressait la parole à M.
Modeley, c'était évidemment avec
une politesse forcée ; il raillait ou-
vertement le baronnet, et le tour-
nait en ridicule. Sir Alexandre ne
manquait pas d'adresse quand il
s'agissait de méchanceté. Il entre-
vit qu'il y avait moyen de lui faire
payer chèrement cette offense.
L'occasion se présenta quelques
jours après. Sir Harry Valence

avait invité les messieurs à dîner.
Un grand nombre de jeunes gens
s'y trouvèrent. A table, Smith, en
voulant tâcher d'enivrer sir Alexandre, fut naturellement engagé
à boire beaucoup lui-même. Monsieur Modeley s'étant absenté quelques minutes, sir Alexandre, qui
était sur ses gardes, et qui savait
bien le moyen d'irriter les passions
de son rival, proposa la santé de
miss Modeley. Smith se leva avec
précipitation, et remplissant un
grand verre : si vous avez le courage d'un homme, sir Alexandre,
dit-il, faites-moi raison de celui-ci,
et en même-temps il but la rasade.
Il était déjà étourdi de ce qu'il avait
bu avant, mais de ce coup il perdit la raison. ; et sir Alexandre
refusant de l'imiter, il le traita
hautement d'homme sans cœur.

L'autre

L'autre l'irritant par ses regards, il continua dans le même style, et jura qu'il méritait d'être mis à la porte à coups de pied. Sir Alexandre lui répliqua en souriant avec dédain : « je ne suis point un » buveur, M. Smith, mais je suis » gentil-homme, et je ne sais pas » employer le langage d'un polis- » son. » Smith avait encore assez de connaissance pour entendre l'application ; il se précipita vers lui. Dans ce moment, M. Modeley rentra ; et comme les deux rivaux étaient près de la porte, il offrit son entremise. Smith, le poussant de côté, s'avança. Sir Alexandre dit et fit tout ce qu'il fallait pour enflammer la colère de son antagoniste. M. Modeley le prit par le collet de son habit pour le retenir. Sir Harry, le lord Édouard,

Tome I. **T**

et d'autres , firent tout leur possible pour arrêter les suites de cette affaire , mais il était trop tard. Smith , indigné d'être tenu de cette manière , frappa , dit-on , violemment M. Modeley sur le bras ; et de la force qu'il y mit , autant que par l'effet de l'ivresse qui s'augmentait , il tomba étendu sur le parquet. Tout le monde s'empressa à le relever. Il rugissait comme un forcené ; mais enfin, il fut entraîné hors de la salle par ses amis. M. Modeley et sir Alexandre se retirèrent aussi-tôt à leur auberge , suivis de sir Harry , qui s'efforça vainement d'excuser son ami.

Quand ils furent chez eux , sir Harry se hâta de retourner au collège ; mais quelques amis de sir Alexandre restèrent. Parmi eux, était M. Plausible , qui avait toujours vu notre héros d'un œil de jalousie , et qui l'avait toujours regardé comme un obstacle à son avancement. Il s'y trouvait aussi une espèce de parasite, nommé Wireman , un de ces caractères connus à Oxfort sous le nom de *boutefeu.* Il était dans les bonnes - graces et dans la dépendance la plus servile de sir Alexandre. Il avait toujours haï Smith , qui n'avait jamais pris la peine de dissimuler son mépris pour lui. Aussi-tôt que M. Modeley fut entré dans le sallon où étaient sa fille et sa sœur , il leur raconta , sans ménager les termes , tout ce qui s'était passé ; et les autres ajoutèrent encore à tout ce que M. Modeley put dire. Wireman en particulier amplifia tout ce ce que la conduite de notre jeune homme avait de criminel ; et M. Plausible , en paraissant chercher à l'excuser , rendait son affaire dix fois plus mauvaise.

Cet événement , où Smith avait déjà assez de tort , fut présenté comme un dessein prémédité d'insulter M. Modeley et sir Alexandre ; et les épithètes les plus odieuses furent prodiguées à notre héros. Quand les étrangers furent sortis , M. Modeley voulut que sa fille écrivît un billet à Smith, comme étant sa connaissance , et qu'elle le congédiât pour jamais. Mistress Heriot , à qui ses airs de fatuité avaient déjà déplu , et dont les favorables dispositions étaient bien changées , appuya cette idée; et la jeune demoiselle , qui n'avait pas un mot à dire en sa faveur , et qui était déjà peu satisfaite de sa conduite dans leur dernière entre-

vue, se fit violence et prit la
plume. La belle affligée était dans
une telle agitation que ses doigts
se refusaient à ce pénible office.
Ce fut mistress Heriot qui écrivit
le billet suivant, que miss Modeley
dicta en partie, avec bien de la
douleur, et qu'elle signa d'une
main tremblante.

» Monsieur,

« La reconnaissance que je vous
» dois pour les secours que j'ai
» reçus de vous, me ferait éprou-
» ver des regrets à vous dire qu'il
» faut cesser pour jamais de nous
» voir, si vous n'aviez vous-même
» démenti vos protestations d'es-
» time, qui m'en ont imposé long-
» temps ; si vous n'aviez poussé
» l'audace jusqu'à frapper mon
» père, et insulter son ami ; enfin,

T 3

» si vous ne vous fussiez vanté des
» progrès que vous prétendez avoir
» faits dans mon cœur. Je ne fais
» sur tout cela aucune observation;
» je m'en tiens à vous dire : que
» votre conduite a totalement dé-
» truit l'opinion favorable que vous
» m'aviez autrefois donnée de
» vous, et que maintenant mon
» unique désir est que vous ou-
» bliez qu'il existe au monde une
　　　　» Eliza Modeley. »

Quoique chaque mot de ce billet
la désespérât, il n'en fut pas moins
envoyé, et Smith le reçut le
matin. Il se leva précipitamment,
s'habilla, et courut à l'auberge. Il
demanda à parler à M. Modeley.;
on lui dit qu'il avait donné des
ordres, et qu'il n'y était pas pour
lui. Il demanda sir Alexandre,
dans l'intention de lui faire des

excuses : celui-ci lui fit dire qu'il ne souhaitait pas de cultiver sa connaissance. Il écrivit la lettre la plus soumise à mistress Heriot, et la plus passionnée à miss Modeley. L'une et l'autre lui furent renvoyées sans avoir été ouvertes. Il adressa un petit billet à mistress Heriot, et il en reçut cette courte réponse :

« Pouvez-vous dire, monsieur, » que vous n'avez pas frappé M. » Modeley; que vous n'avez pas an- » noncé publiquement, avant le » dîner, votre intention d'enivrer » sir Alexandre ; enfin ne vous » êtes-vous pas vanté avec affecta- » tion, devant une nombreuse » compagnie de jeunes gens, que » vous connaissiez l'aversion de » miss Modeley pour sir Alexan- » dre, et qu'elle favorisait vos » prétentions ? » La vanité de

Smith l'avait effectivément emporté souvent à des discours de ce
genre, et ils avaient été rendus à
M. Modeley et aux dames avec des
remarques et des additions. Le
jeune homme, qui ne pouvait nier
ce que le billet de mistress Heriot
lui reprochait, se borna à l'atté-
nuer dans sa réponse, et à demander un mot d'explication. On lui
renvoya sa lettre ouverte, et au
bas cette note : mistress Heriot
prie M. Smith de ne pas l'importuner davantage, son intention
étant de rompre tout commerce
avec lui. Smith, au désespoir,
retourna à son collège. Il alla voir
sir Harry Valence, et le conjura
d'employer son crédit. Sir Harry
lui dit le mauvais succès de ses
premières tentatives. Smith le
pria d'essayer encore, et au

moins d'instruire miss Modeley de
la vérité des faits. Sir Harry re-
tournà donc à l'auberge de M. Modeley , et trouva , à la grande confusion de notre héros , que lui et
sa famille avaient quitté Oxfort.
Ce fut un coup foudroyant pour
Smith. Il s'était toujours flatté d'obtenir quelques minutes de conversation de son aimable maîtresse ;
de se disculper des reproches les
plus graves ; et enfin , que son repentir lui rendrait ses bonnes graces. Au premier moment , sa fureur
ne connut point de bornes. Il envoya chercher une chaise de poste
à quatre chevaux , pour les poursuivre. Sir Harry eut peine à le
persuader de la folie de cette entreprise. Alors il se borna à sup-
plier sir Harry de courir lui-même
après eux jusqu'à Farrington , où
il pensait qu'ils devaient dîner ;

mais quand les chevaux furent
prêts, il convint qu'il était dou-
teux si M. Modeley avait pris
cette route , ou celle de Witney.
Enfin les postillons revinrent, et
apprirent à notre héros que M.
Modeley et tout son monde allaient
à Southampton , par la route de
Salisbury. Il avait déjà arrangé ses
affaires au collège , de sorte qu'il
fit aussi-tôt seller son cheval ; et
ne doutant pas qu'ils ne dînassent
à Ambresbury , il eut l'espoir de
les atteindre là. Il savait qu'ils dé-
siraient voir les vénérables ruines
de Stonehenge : il pensait que cette
visite les arrêterait quelque temps.
Il se flattait que s'il pouvait obtenir
une seule minute de conversation
de la belle miss , l'espoir renaî-
trait pour lui ; car , pour le reste
de la famille , il était trop irrité de
son dédain , pour se donner seu-

lement la peine d'y penser. Smith
était parfaitement monté ; il courut à toute bride : mais , malgré
sa vîtesse , le jour était très-avancé
quand il arriva à Ambresbury , et
encore ne put-il y recevoir aucunes
nouvelles. Avant que le cheval fût
reposé , les sombres voiles de la
nuit tombaient sur l'horison ; mais
la distance de Salisbury étant si
petite, il prit son parti d'avancer
sans délai. Il était épuisé de fatigue,
l'esprit troublé , les pensées confuses , toutes ses facultés corpo-
relles et intellectuelles comme sus-
pendues. Il n'avait pas la volonté ,
ni guères le pouvoir de réfléchir
sur sa conduite et sur ses intentions.

Il était presque nuit close quand
il quitta Ambresbury , et il n'est
point du tout étonnant qu'il se soit
trompé de route en en sortant.

Quand , dans les plaines de Salisbury , on se perd la nuit , il y a ,
selon toutes les règles de l'arithmé-
tique , dix à parier contre un que
le voyageur va la passer à la belle
étoile. Notre héros , qui ne luttait
pas avec plus d'avantage qu'un
autre contre les caprices du sort
ne fut pas moins persécuté par
lui qu'aucun autre dans cette circonstance ; et , quoique jamais
homme amoureux n'eût été plus
impatient , plus emporté , plus
violent , force lui fut de se sou-
mettre au dur arrêt du destin , et
d'attendre jusqu'au lever de l'au-
rore. Que ne puis-je ici donner
une exacte peinture du combat que
se livrèrent d'abord dans son cœur
toutes les différentes passions qui
s'en étaient emparé ! Ou que ne
puis-je assez exalter les vertus des
plaines de Salisbury , qui eurent

plus de puissance pour les réprimer, que toute la logique des écoles, et tous les auteurs classiques de l'université. Euclide et Aristote, Homère, Horace et Virgile, les profondes recherches de Newton lui-même, et les solides raisonnemens de Locke, échouèrent dans cette circonstance ; tandis que ces froides et arides collines, dans l'espace de peu d'heures, humilièrent tellement son orgueil, calmèrent tellement sa colère, et même rassirent tellement ses sens, qu'il consentit à accepter l'asyle d'un tas de foin, tant pour lui que pour son cheval. Ici l'animal eut beaucoup d'avantage sur le philosophe, qui ne trouva pour aliment que fiel et amertume, tandis que le foin fournit au cheval une nourriture abondante, douce et rafraîchissante. Les voyageurs passèrent là quatre heures beaucoup plus à la satisfaction de l'un que de l'autre. Enfin il suivit le cours de ses informations sur M. Modeley et sa famille ; mais tant de soins n'aboutirent à rien du tout ; et, le corps fatigué , l'esprit abattu, il retourna à son auberge.

Les chagrins qu'il avait essuyés depuis huit jours , le violent exercice qu'il avait fait depuis quarante heures, et peut-être sur-tout la nuit qu'il avait passée en plein air, sur de fraîches collines , lui causèrent une fièvre , dont il négligea d'abord les symptômes. Cependant ils augmentèrent tellement dans la nuit suivante , qu'il fut obligé de se mettre au lit. Les gens de la maison appelèrent un médecin ; par ses soins, il se trouva au bout de huit jours en état de retourner à Oxfort , ayant totalement perdu les traces de M. Modeley et de son aimable fille , et forcé de renoncer à les suivre.

Son voyage , et la maladie qui en avait été la suite , avaient donné toute leur extension aux passions qui se combattaient si violemment dans son cœur, et quand il retourna à Oxfort , son orgueil vint au se-cours de sa raison ; une espèce de morne désespoir prit leur place. Il relut les lettres de miss Modeley et de mistress Heriot ; et comme il n'était rien moins que porté à ré-primer chez lui la vanité , il com-mença à se persuader qu'il n'y était pas traité avec assez d'égards. Il lui vint ensuite dans l'idée qu'on n'avait pas été fâché de saisir une occasion de rupture , et que sa belle maîtresse ne l'avait pas traité, dans les derniers temps , aussi fa-vorablement qu'autrefois. Il se per-

suada qu'il y avait un plan con-
certé (à certains égards il ne se
trompait pas), et maudit sa folie
de s'être laissé duper si aisément.
Ce n'était pas qu'il soupçonnât,
dans ce moment, miss Modeley
d'entrer dans le complot, mais
il conclut qu'on la trompait aussi
bien que lui-même. Notre jeune
homme, dans toute sa fureur,
ne perdait rien de sa bonne opinion de miss Modeley. Si le véritable amour consiste dans la ferme persuasion que l'objet de ses
vœux est supérieur à toutes les
autres créatures, nul n'a jamais
été plus véritablement amoureux
que lui; mais entraîné par une
jeunesse étourdie qui l'environ-
nait, qui le considérait comme
un petit oracle, il commença à
voir sa dernière affaire avec plus
d'indifférence; et lorsque ses pas-

sions se furent un peu refroidies,
sa vanité le portait à la considérer sous un aspect moins sérieux.
Wifle, qui était alors au collège,
le plaisantait, et lui disait : *aman-
tium*, *&c.*, les querelles des amans
ne sont que des redoublemens d'a-
mour. Symms, aussi, contrefaisait
sir Alexandre si comiquement,
qu'il excitait un transport dans
la compagnie. Le lord Édouard
ne pouvait pardonner à M. Modeley la hauteur et le ressentiment
qu'il avait montrés ; mais le caractère emporté de sir Harry dans le
plaisir, et la nouveauté apportait
un grand soulagement à son chagrin. Enfin, avec la compagnie et
le secours de ces agréables, Smith
se mit bientôt au-dessus de ses in-
quiétudes, et se détermina promptement à saisir la première occasion de s'expliquer avec miss Mo-

deley. Il n'avait jamais eu le bonheur d'être lié d'amitié avec les
messieurs de cette maison ; il se
souciait peu de leur opinion favorable ou non , pourvu qu'il pût
regagner les bonnes graces de sa
charmante maîtresse. En relisant
la lettre de miss Modeley , la plus
forte inculpation qu'elle contînt,
était de s'être vanté des sentimens
qu'elle avait pour lui ; et mistress
Heriot lui ayant si positivemeut fait
le même reproche , il sentit le tort
que sa vanité lui avait fait. Il vit
clairement sa faute , quoiqu'il eût
peine à en convenir avec lui-même.
En même-temps , il résolut bien
dans son cœur, d'être plus circons-
pect à l'avenir , et de devenir plus
modeste et plus prudent , quand il
aurait obtenu son pardon de celle
qui régnait souverainement sur son
ame : puis se complaisant d'avance

dans cette idée , il n'était pas sans
espérance d'éclaircir toute cette
affaire pendant les vacances pro-
chaines. Cependant il s'enfonçait
de plus en plus dans le tourbillon
de ses mauvaises habitudes. Il dé-
daignait les exercices du collège ;
il n'y restait que le temps absolument nécessaire ; et il essuyait
tous les jours des reproches de sa
négligence , de ses absences , etc.
Il perdit absolument l'estime de
ses supérieurs. Il affectait de vivre
avec ceux de l'Université qui faisaient le plus de dépense. Depuis
quelque temps il avait un cheval
à lui. Cependant quoique jusque
là il n'eût pas été beaucoup au-
delà de son revenu , il ne pouvait se dissimuler qu'il n'avait pas
les moyens de tenir cette conduite.
Ses dépenses étaient la plus frap-
pante de toutes ses extravagances.

L'argent qu'il avait reçu d'une manière si extraordinaire l'avait libéré jusque là ; et encore les fautes de ce jeune homme ne devaient pas être imputées à la compagnie corruptrice qu'il voyait. Ceux qui le connaissaient, pouvaient avec justice en rejetter sur lui tout le poids. Le lord Édouard était beaucoup plus modéré dans sa conduite. Wiffle et Symms étaient plus étourdis qu'imprudens par système, et sir Harry était rarement au collège.

Ce n'est pas tant la mauvaise compagnie qui cause la ruine d'un jeune homme, que la dépravation de ses mœurs qui le conduit dans ces sociétés où bientôt il s'affranchit de la contrainte des vertus, de la morale et de la religion.

Fin du premier volume.

www.ingramcontent.com/pod-product-compliance
Lightning Source LLC
Chambersburg PA
CBHW061431030726
47503CB00005B/1370